CARAMBAIA

20

Panaït Istrati

Kyra Kyralina

As narrativas de Adrien Zograffi

Tradução
Erika Nogueira

Prefácio
Romain Rolland

Posfácio
Fábio Bonillo

Prefácio

Romain Rolland

Nos primeiros dias de janeiro de 1921, chegou a mim uma carta do hospital de Nice. Havia sido encontrada junto ao corpo de um desesperado que acabara de cortar a própria garganta. Era pouca a esperança de que ele sobrevivesse ao ferimento. Li e fui tomado pelo tumulto do gênio. Um vento tórrido sobre a planície. Era a confissão de um novo Górki dos Bálcãs. Conseguiram salvá-lo. Eu quis conhecê-lo. Travou-se uma correspondência. Tornamo-nos amigos.

Seu nome é Istrati. Nasceu em Brăila, em 1884, filho de um contrabandista grego, que não chegou a conhecer, e de uma camponesa romena, mulher admirável cuja vida de trabalho incansável lhe foi devotada. Apesar da afeição que tem por ela, aos 12 anos ele parte, impelido por um demônio da vagabundagem ou, antes, pela necessidade insaciável de conhecer e de amar. Vinte anos de vida errante, aventuras extraordinárias, trabalhos extenuantes, divagação e infortúnios, queimado pelo sol, encharcado pela chuva, sem pouso e enxotado por vigias noturnos, faminto, doente, dominado por paixões e esmagado pela miséria. Faz de tudo: é garçom de cabaré, confeiteiro, chaveiro, caldeireiro, mecânico, servente, escavador, descarregador, criado, anúncio ambulante, pintor de letreiros, pintor de paredes, jornalista, fotógrafo... Envolve-se, durante um período, com movimentos revolucionários. Percorre o Egito, a Síria, Jafa, Beirute, Damasco e o Líbano, o Oriente, a Grécia, a Itália, frequentemente sem um tostão, escondendo-se por vezes em barcos, onde, descoberto a bordo, é jogado em terra na primeira escala. Vive desprovido de tudo, mas acumula um mundo de recordações e costuma enganar a fome lendo vorazmente, sobretudo os mestres russos e os escritores do Ocidente.

É um contador de histórias nato, um contador de histórias do Oriente, que se encanta e se emociona com as próprias narrativas, deixando-se arrebatar de tal maneira por elas que, iniciada a história, ninguém sabe, nem mesmo ele, se ela irá durar uma hora ou mil e uma noites. O Danúbio e seus meandros... Esse gênio de contador de histórias é tão irreprimível que, na carta escrita na véspera do suicídio, interrompe duas vezes as queixas desesperadas para narrar duas histórias humorísticas de sua vida passada.

Eu o convenci a registrar uma parte de suas narrativas; e ele se lançou numa obra de grande fôlego, da qual dois volumes já estão atualmente concluídos. É uma evocação de sua vida; e a obra, como sua vida, poderia ser dedicada à Amizade: porque ela é, nesse homem, uma paixão sagrada. Ao longo de toda a trajetória, ele se detém na lembrança das figuras encontradas; cada uma com o enigma de seu destino, que ele procura penetrar. E cada capítulo do romance forma uma espécie de novela. Três ou quatro dessas novelas, nos volumes que conheço, são dignas dos mestres russos. Distingue-se destes pelo temperamento e pela luminosidade, pela determinação de espírito e por uma alegria trágica, a alegria do contador de histórias que liberta a alma oprimida.

É importante ter em mente que o homem que escreveu estas páginas tão lépidas aprendeu francês sozinho, há sete anos, lendo nossos clássicos.

ROMAIN ROLLAND (1866-1944), escritor francês, ganhador do Nobel de Literatura de 1915, publicou este texto na revista *Europe* de 15/8/1923. Com modificações, foi inserido como prefácio na primeira edição de *Kyra Kyralina*, em 1924.

Prefácio
Panaït Istrati

Os senhores são da opinião – assim como nosso amigo Romain Rolland – de que eu deveria explicar em algumas linhas o tema geral que se encontrará em todos os meus livros.

Nunca pensei que eu mesmo devesse dar alguma explicação a esse respeito. Não sou escritor profissional e não o serei nunca. Quis o acaso que eu fosse fisgado, nas águas profundas do oceano social, pelo pescador de homens de Villeneuve[1]. Sou obra dele. Para que pudesse viver minha segunda vida, eu tinha necessidade de sua estima, e, para obter essa estima cálida, amigável, ele me pedia que escrevesse. "Não espero de você cartas exaltadas", escrevia-me ele, "espero de você a obra. Realize a obra, mais essencial e mais duradoura que você, da qual você é a casca".

Com esse chicote no lombo – e também graças à aveia que a amizade de Georges Ionesco me oferecia gentilmente –,

1 Romain Rolland. [NOTA DO AUTOR]

comecei a trotar com ímpeto. As narrativas de Adrien Zograffi se devem a nós três. Abandonado à minha própria sorte, sou capaz apenas de pintar paredes, fotografar ao ar livre e realizar outros trabalhos comuns, ao alcance de todos.

Adrien Zograffi, por enquanto, é apenas um jovem que ama o Oriente. É um autodidata que encontra a Sorbonne onde pode. Vive, sonha, deseja muitas coisas. Mais tarde, ele ousará dizer que muitas delas são malfeitas pelos homens e pelo Criador. Sei que é perigosíssimo contradizer o Criador, assim como os homens que não fazem pinturas de paredes nem fotografias ordinárias na Promenade des Anglais; mas na França se diz que não é possível agradar a Deus e todo mundo. Espero, no entanto, que perdoem essa audácia de Adrien. Porque, conservando toda a sua liberdade, ele se permitirá mais uma audácia: a de amar e de ser, sempre, em todos os países, amigo de todos os homens que têm coração. Há poucos, mas Adrien não acha que a humanidade é tão vasta quanto se acredita.

Enquanto sua história não chega, neste momento ele apenas escuta a história dos outros. Escutemos com ele, se tiverem a bondade.

Panaït
Istrati

Kyra
Kyralina

As narrativas de
Adrien Zograffi

1. Stavro

ADRIEN ATRAVESSOU DISTRAÍDO O CURTO BULEVAR Mãe de Deus, que, em Brăila, conduz da igreja de mesmo nome ao jardim público. Ao chegar à entrada do jardim, parou confuso e contrariado.

– Ainda assim! – exclamou em voz alta. – Já não sou criança! E acredito que tenho o direito de compreender a vida como a sinto.

Eram seis horas da tarde. Dia útil. As alamedas do jardim estavam quase desertas nas proximidades dos dois portões principais, e o sol crepuscular dourava a areia, enquanto os pequenos bosques de lilases mergulhavam na sombra noturna. Morcegos volteavam em todos os sentidos, como que desamparados. Os bancos alinhados às vias estavam quase todos vazios, exceto em certos recantos discretos do jardim onde casais jovens ficavam abraçados e sérios quando algum importuno passava. Adrien não prestou atenção a nenhum ser humano com quem cruzou no caminho. Aspirava ávido o ar puro que subia da areia recém-regada, a mistura embalsamada do perfume das flores, e pensava naquilo que não conseguia compreender.

Não compreendia sobretudo a oposição que a mãe fazia à escolha de suas relações, oposição que acabara de culminar em uma violenta discussão entre mãe e filho único. Adrien meditava:

"Para ela, Mikhail é um *estrangeiro*, um *malandro suspeito*, o *empregado* do confeiteiro Kir Nicolas. Como assim? E eu, o que sou? Um pintor de paredes e, além disso, ex-empregado do mesmo confeiteiro! E, se amanhã eu for para outro país, serei, necessariamente, considerado malandro por lá?"

Irritado, bateu o pé no chão:

– Raios! É uma injustiça revoltante com o coitado do Mikhail. Eu gosto desse homem porque é mais inteligente que eu, mais instruído, e porque aguenta a miséria sem se queixar. E aí? Quer dizer que quem se recusa, como ele, a sair bradando aos quatro ventos nome, país de origem e número de dentes que lhe faltam não passa de um *malandro*? Pois bem! Sim, quero, sim, ser amigo desse *malandro*. E fico muito feliz com isso.

Adrien continuou passeando maquinalmente e, ao mesmo tempo, ia fazendo a crítica mental de tudo o que a mãe lhe dissera; e tudo lhe pareceu absurdo:

"E essa história de casamento? Eu tenho só 18 anos, e ela já pensa em me botar nas costas uma palerma qualquer; palerma e, quem sabe, também coelha, que vai me sufocar com seu afeto e transformar meu quarto em despejo! Meu Deus! Parece até que não há nada mais inteligente para se fazer na Terra do que chocar uns pequenos imbecis, encher o mundo de escravos e virar o primeiro escravo desses parasitas. Não, não! Prefiro um amigo como Mikhail, nem que seja dez vezes suspeito. Quanto à censura de que 'puxo as pessoas pela língua para fazê-las falar', palavra!, não sei bem por que gosto de 'puxar as pessoas pela língua'. É que, talvez, a luz venha do discurso dos fortes, e prova disso é Deus, que precisou falar para que se fizesse Luz."

Na calma daquela noite primaveril, o apito de um barco atravessou o ar com seu assobio estridente e despertou o jovem, ao mesmo tempo que uma lufada perfumada de rosas e cravos o atingiu.

Adrien enveredou pelo grande parque que margeia a esplanada e domina o porto e o Danúbio. Por um instante, deteve-se para contemplar os milhares de lâmpadas elétricas que brilhavam sobre os barcos ancorados no porto, e seu peito se inflou com um irresistível desejo de viajar:

– Senhor! Como deve ser bom estar num desses paquetes que singram os mares e descobrem outras margens, outros mundos!

Contrariado por não poder se entregar a seu desejo, pôs-se de novo a caminhar cabisbaixo; então ouviu que alguém, atrás, o chamava:

– Adrien!

Voltou-se. Em um banco pelo qual ele acabara de passar, estava sentado um homem que, de pernas cruzadas, fumava. A miopia e a escuridão impediam Adrien de reconhecê-lo. O homem não se levantou, e Adrien estava aproximando-se dele, um pouco contrariado, quando deixou escapar uma exclamação de contentamento:

– Stavro!

Apertaram-se as mãos e Adrien tomou assento ao lado do outro.

Stavro, o feirante – mais comumente chamado de "o homem da limonada" por causa da beberagem que vendia nas feiras –, era primo em segundo grau da mãe de Adrien. Figura outrora muito conhecida nos meios libertinos dos subúrbios, estava esquecida, enterrada pelos trinta anos transcorridos e pelo mal-entendido de um escândalo ocasionado por seu temperamento na época.

De estatura ligeiramente acima da média, de um loiro esmaecido, incolor, magérrimo e enrugadíssimo, olhos azuis e grandes, ora francos e sinceros, ora astuciosos e furtivos, de acordo com a ocasião, exprimiam toda a vida de Stavro. Vida chacoalhada e sacudida por sua natureza nômade e bizarra; vida arrebatada desde a idade de 25 anos pela triste engrenagem da sociedade: casamento com moça rica, bonita e sentimental, do qual saiu, um ano depois, coberto de vergonha, com o coração em frangalhos, com o caráter deformado.

Adrien conhecia vagamente a história. Sua mãe, sem entrar em detalhes, a contava como exemplo de vida odiosa; mas Adrien tirava dela conclusões inteiramente opostas; e mais de uma vez, com o instinto que tinha no âmago, ele se debruçara sobre Stavro como sobre um instrumento musical que se queira ouvir ressoar; o instrumento se recusara.

Aliás, só tinham se encontrado três ou quatro vezes no máximo, sempre na rua. A casa da mãe fechara-se para Stavro, como todas as casas honestas. Além disso, o que o feirante desajuizado poderia dizer ao menino mimado, acarinhado, monopolizado?

Para todos, Stavro era um "folgazão"; e era mesmo, queria ser. Com seu terno surrado e amarrotado, mesmo quando novo; com sua aparência de camponês citadino, camisa sem passar, sem colarinho postiço; com seu ar de charlatão larápio, era dado a exibições verbais e gestuais que divertiam os outros, mas que o humilhavam e desacreditavam.

Abordava os conhecidos, no meio da rua, com alcunhas certeiras e cômicas, nunca ofensivas. Muitas perduraram. Se alguém lhe agradava, ele o levava ao bar, pedia meio litro de vinho e, depois de brindar, ia ao pátio, "para uma necessidade", e não voltava. E, se a pessoa encontrada fosse daquelas que "pegavam no seu pé", ele lhe dizia animadamente:

– Seu amigo Fulano está esperando em tal bar: corra!

Mas o que divertia Adrien eram as cabeças de *tzirs*[1] e a bolsa de fumo de Stavro. Enquanto conversava com alguém, Stavro tirava do bolso uma daquelas cabecinhas de peixe seco, com a boca aberta e achatada, e a enganchava às escondidas na bainha do paletó do outro tagarela. O sujeito ia embora, levando pela rua a cabeça de peixe seco a lhe morder o paletó, para grande divertimento dos transeuntes.

Com a bolsa de fumo era melhor. Sabe-se que no Oriente quem quer enrolar um cigarro costuma pedir a tabaqueira às pessoas com quem está. Stavro não deixava de abordar o primeiro que aparecesse; mas, depois de se servir, em vez de devolver a tabaqueira com um agradecimento, ele a colocava no próprio bolso, de onde ela imediatamente caía por baixo e saía rolando pelo chão. Então ele corria para recolhê-la e limpá-la, pedia desculpas e, querendo introduzi-la no bolso do proprietário, deixava-a escorregar pelo lado. A pobre tabaqueira, que era de metal niquelado ou de papelão prensado, ia mais uma vez ao chão!

– Ah, como sou desastrado!

– Não faz mal, senhor – costumava responder o logrado, examinando o objeto danificado, enquanto os espectadores se torciam de rir.

Mas Stavro nunca mais voltava a ver as tabaqueiras que maltratara alguma vez.

Foi assim que, por causa dessas brincadeiras, Adrien tinha começado a gostar daquele homem. No entanto, algumas coisas estranhas o incomodavam e confundiam: às

1 Espécie de arenque defumado. [N. A.]

vezes, no meio das risadas e das troças, Stavro se voltava sério para Adrien e mergulhava em seus olhos uma mirada clara, tranquila e superior, como fazemos com os olhos bondosos e ingênuos de um bezerro. Então Adrien se sentia diminuído por aquele feirante, fascinado por aquele iletrado. Aquilo lhe parecera inexplicável, e ele se pôs a observá-lo. Mas as ocasiões eram raras. O olhar misterioso e perturbador que Adrien chamava em segredo de "o outro Stavro" aparecia raramente, e apenas para ele.

No entanto, um dia (dez meses antes do encontro no jardim), acompanhando o "homem da limonada" ao merceeiro – um velho grego taciturno que lhe fornecia açúcar e limão –, Adrien viu, de repente, surgir o "outro Stavro"; e demorou-se naquele olhar.

Estavam só os três, a um canto da venda pouco iluminado, e Stavro, com todas as rugas do rosto sumidas, os traços abrandados, os olhos bem abertos, fixos e luminosos, olhava para a cara inchada e fechada do merceeiro e dizia, de modo tímido mas firme, enquanto o outro concordava com a cabeça:

– Kir Margoulis... As coisas vão mal... Não está fazendo calor, e a limonada não está vendendo. Estou consumindo minhas economias e o seu açúcar. Então, percebe? Desta vez também não pago, viu? Será como das outras vezes: se eu morrer, o senhor perderá os 10 francos.

E o comerciante, avaro, mas conhecedor dos homens, fazia fiado, com um aperto de mão seco como sua vida.

Lá fora, com a mercadoria debaixo do braço, Stavro dava um jeito de fazer trocadilhos, dar uma palmada em algum vago conhecido e pular com uma perna só:

– Eu o enrolei, Adrien, eu o enrolei! – sussurrava no ouvido do jovem.

– Mas o que é isso, Stavro! – protestava Adrien. – Você não o enrolou: você vai pagar!

– Sim, Adrien, vou pagar, se não morrer. E, se eu morrer, o diabo é que vai pagar!

– Se você morrer... é outra história. Mas você diz que o enrolou: isso significa que você seria desonesto...

– Talvez eu seja...

– Não, Stavro, você quer me enganar; você não é desonesto!

Stavro parou bruscamente, empurrou o companheiro contra uma paliçada e, retomando por um instante sua imagem, temor e dominação, bufou no nariz de Adrien:

– Sim, eu sou desonesto! Infelizmente, Adrien, sou muito desonesto!

E, dizendo isso, fez menção de continuar andando, mas Adrien, tomado por uma espécie de pânico, agarrou a lapela de seu paletó e, segurando-o, gritou com voz sufocada:

– Stavro, fique! Agora vai me dizer a verdade! Vejo dois homens em você; qual deles é o verdadeiro? O bom? Ou o velhaco?

Stavro se debateu:

– Não sei!

E desvencilhando-se brutalmente das mãos de Adrien:

– Deixe-me em paz! – gritou, irritado.

Depois, um pouco mais longe, pensando ter magoado o jovem, acrescentou:

– Eu lhe direi quando você deixar de cheirar a cueiros.

Desde então, não voltaram a ver-se; Stavro percorria as feiras entre março e outubro; durante o inverno vendia castanhas assadas Deus sabe onde. A Brăila, vinha apenas se abastecer.

Adrien, ao reencontrá-lo naquele dia no banco do jardim, ficou tão contente quanto devem ficar os regatos ao se unirem aos rios, e os rios ao se dispersarem no seio dos mares.

Stavro, contrariando o costume, foi pouco loquaz dessa vez, o que agradou ainda mais a Adrien, que examinou essa figura à luz amarelada do anoitecer e o julgou semelhante ao da outra ocasião. Ninguém seria capaz de dizer sua idade com uma aproximação aceitável. No entanto, Adrien notou que, junto às têmporas, o loiro pálido dos cabelos já se tornava branco esfumado.

– O que lhe deu de ficar me examinando assim? – perguntou Stavro irritado. – Não estou à venda.

– Eu sei, mas queria saber se você ainda é novo ou já é velho.

– Sou novo e velho, como os pardais...

– Isso é verdade: você é um pardal, Stavro!

E depois de uma breve pausa:

– Não quer a minha bolsa de fumo para derrubá-la no chão? Isso talvez lhe relembre que continuo curioso para saber de onde você vem, para onde vai e como vão os negócios.

– De onde venho e para onde vou é pouco importante; mas vou dizer que os negócios não vão tão mal. No entanto, estou aborrecido neste momento, meu aprendiz!

E deu um tapa no joelho de Adrien.

– Isso raramente acontece com você – respondeu este. – E por que está aborrecido, meu velho? Os limões andam raros?

– Não, não os limões, mas os "vigaristas honestos" de antes agora são raros.

– Vigaristas *honestos*? – exclamou Adrien. – Isso é um paradoxo: os vigaristas não podem ser honestos!

– Você acha? Ora! Conheço vários.

Stavro curvou-se sobre as coxas e permaneceu assim, fitando o chão. Adrien sentiu que ele falava sério e quis saber mais, porém procedeu com prudência:

– Poderia me dizer para que serviço você precisa de um vigarista assim?

– Para me acompanhar à feira de S..., na quinta-feira que vem. Na verdade, não é para mim, mas é como se fosse... Sabe que, nas feiras, tenho o hábito de me instalar ao lado de um confeiteiro que vende crepes. Os conterrâneos comem, ficam com sede, e eu estou lá com a limonada; em caso de necessidade, um punhado de sal na massa dos crepes... (Você está vendo que eu sou desonesto!) Pois então, tenho o confeiteiro, é Kir Nicolas...

– Kir Nicolas! – sobressaltou-se Adrien.

– ... vizinho de vocês, seu ex-patrão. Mas eis a dificuldade: ele não pode largar o forno e ir à feira. Então, precisa de um "vigarista honesto" para acompanhar seu empregado Mikhail e recolher o dinheiro enquanto o outro frita os crepes no óleo. Já há dois dias procuro esse "vigarista honesto".

E Stavro concluiu grave, triste:

– Brăila está ficando cada vez mais pobre *de homens*!

Adrien sentiu como que uma descarga elétrica. Levantou-se, postou-se diante do "homem da limonada" e disse:

– Stavro! Sou digno de ser o tal vigarista honesto que você procura?

O feirante levantou a cabeça:

– Sem brincadeira?

– Palavra de vigarista honesto! Vou com vocês!

Stavro saltou como um chimpanzé e gritou:

– Dê aqui a pata, filho de uma romena apaixonada e de um aventureiro da Cefalônia! Você é um digno descendente de seus ancestrais.

– O que você sabe sobre os meus ancestrais?

– Oh! Certamente, eles devem ter sido grandes vigaristas!

Dizendo isso, o "homem da limonada" beijou o pintor, depois, tomando-o pelo braço, arrastou-o consigo:

– Rápido, para a casa do Nicolas anunciar a boa nova!

Partimos o mais tardar amanhã, domingo, à noite para chegar a S... na terça de manhã e encontrar um bom lugar. Está a um dia e duas noites de carroça; o cavalo vai a passo ou trotando, de acordo com suas forças e com a qualidade do vinho que encontrarmos nas estalagens.

O aparecimento do mestre das feiras e de seu "aprendiz" ocasionou uma acalorada discussão na confeitaria. Dos brados de Stavro, Kir Nicolas entendeu que se tratava de um fato consumado; em turco, Stavro deitou uma falação de tirar o fôlego. Mikhail, que estava a par da questão, meteu-se na discussão, para grande espanto de Adrien, que não compreendia palavra. A uma réplica séria de Mikhail, ele viu Kir Nicolas erguer os ombros e Stavro acalmar-se, mas bradar logo em seguida, em grego perfeito:

– Não se preocupem com o que a mãe dele dirá, ô *pediamou* (meus garotos)! Se eu tivesse me amoldado à vida da minha mãe, há cinquenta anos, nunca teria descoberto como nasce e se põe o sol além do fosso que circundava antigamente a nossa bela cidade de Brăila; percebam, meus amigos, que as mães são todas iguais: querem ressuscitar na pele dos filhos seus próprios prazerezinhos sem graça e seus tédios sem encanto. E depois, digam-me, somos culpados de quê, se somos exatamente como nos criaram? Não é, Adrien?

Mikhail interveio de novo, também em grego:

– Nisso tem razão, senhor, mas nós não conhecemos a mãe de Adrien; pode tratar-se de uma dolorosa exceção. Eu proponho deixar que Adrien vá pedir o consentimento dela; se ele o obtiver, serei o primeiro a me alegrar. Mas sem a permissão da mãe dele e contra sua vontade, bem, sou eu que me recuso a ir à feira.

Essa declaração fez Adrien sair como vento. A mãe estava preparando o jantar. Ele se deteve no meio do cômodo, com os olhos úmidos, as bochechas coradas, o olhar no vazio; sem ter preparado o que iria dizer, sua voz simplesmente se estrangulou. Mas ela adivinhou e exprimiu-se mais depressa que ele:

– Você está de novo nas nuvens!

– Sim, mamãe...

– Bem, se for para repetir a ladainha de agora há pouco, por favor! Faça o que achar que pode fazer sem me dilacerar demais o coração, e não se preocupe mais comigo. É melhor assim.

– Não se trata de nada dilacerante, mamãe – respondeu Adrien. – Vou ficar sem trabalho durante oito dias, talvez mais, e gostaria de ir com Mikhail à feira de S... Será uma boa oportunidade de conhecer aquela bela região e ganhar ao mesmo tempo o que perco por outro lado.

– Serão apenas vocês dois?

– Sim... não... há também Stavro...

– Que beleza! Está ficando cada vez melhor... Mais um "filósofo", na sua opinião, provavelmente?

E, como o filho silenciasse, ela acrescentou:

– Enfim, pode ir!

– Sem se zangar, mamãe?

– Sem me zangar, meu amigo.

Naquele domingo, a partida transcorreu debaixo dos olhos e dos gracejos de todas as comadres da Rua Grivitza, vizinhas do confeiteiro. Stavro chegou por volta das quatro horas da tarde, com a carroça e o equipamento: o tonel que lhe servia de reservatório de água e, dentro dele, o barril de limonada, que por sua vez continha açúcar, limões, copos etc. Diante da confeitaria, ele carregou, com a ajuda de Kir Nicolas e de Mikhail, o material necessário ao preparo dos crepes: uma mesa, um fogareiro, um grande caldeirão, dois sacos de farinha, diversas latas de óleo e utensílios. Arranjou-se também um assento para as três pessoas.

Para poupar Adrien da troça dos espectadores, sua mãe saiu com ele cerca de meia hora antes da chegada de Stavro; separaram-se na Rua de Galatz: ela foi para a casa de uma amiga, e ele rumou para a estrada por onde deveria passar a carroça. Ela beijou o filho e disse:

– Veja, Adrien, eu me curvo às suas vontades, mas um dia você se arrependerá de suas ações; a breve viagem que você faz hoje lhe dará vontade de, amanhã, fazer outras mais longas, cada vez mais longas; e, se você não pode me garantir a felicidade que esse futuro lhe reserva, estou certa de que nós dois teremos muito o que chorar. Deus queira que não.

Ele quis responder, mas ela se foi. Ali, atônito, Adrien a seguia com o olhar: ela ia reto em frente, sempre reto, como sua vida fora reta, simples e dolorosa; do único desvio que cometera ela não se arrependia, embora lhe houvesse custado caro. Com o turbante de caxemira, a blusa de tecido barato, o lenço na mão direita, ela ia erguendo ligeiramente, com a mão esquerda, a saia longa demais que se arrastava na poeira; ia com os olhos fixos à frente dos pés, como se procurasse alguma coisa – alguma coisa que ainda não tinha perdido, alguma coisa que estava em vias de perder.

Meu pobre irmão Adrien! Está tremendo... Nessa carroça que envereda pela estrada nacional, encolhido na boleia, flanqueado à direita por Stavro, que conduz o cavalo a trote e canta em armênio, apoiado no ombro de Mikhail, que fuma e se cala, à esquerda, você treme, meu bravo amigo; mas não é de frio que treme! Estaria tremendo de medo? Ou será que, apertado entre esses dois demônios de sua vida, você está sentindo o calafrio causado pelo sopro do destino, que o empurra não apenas para a feira de S..., mas também em direção à grande feira de sua existência, que mal começa?

Durante muito, muito tempo, sob os reflexos de um crepúsculo tempestuoso, trafegando pela via reta como uma corda estendida entre os arvoredos e os campos de trigo, Stavro cantou e lamentou em armênio. Durante muito tempo Mikhail e Adrien escutaram sem nada entender, mas tudo sentindo. Depois a noite os envolveu e os reduziu a si mesmos e a seus pensamentos. Vilarejos e povoados sucederam-se a outros povoados, miseráveis ninhos de tristeza e de alegria, tragados pelas trevas e ignorados pelo universo. A luz vacilante da lanterna, que sacudia suspensa na carroça, revelava visões noturnas rústicas e patéticas que, clareadas por um instante, desapareciam para sempre: um cão a latir furioso; uma ponta de cortina a abrir-se numa janela para dar espaço a uma figura humana que tenta espiar o lado de fora; velhas choças com tetos estraçalhados e escurecidos pelas intempéries; pátios com muros estripados.

A cada duas horas aproximadamente, Stavro parava em frente a uma estalagem, esfregava os olhos do cavalo, puxava-lhe as orelhas, oferecia-lhe bornal de aveia e cobertor e entrava ruidosamente, seguido pelos dois companheiros. Lá, ele se tornava tumultuoso, frívolo, galhofeiro, lançava qualificativos brejeiros e, às vezes, tomava a liberdade de dar um tabefe amistoso no gorro de algum camponês. Depois, pedindo "1 litro e um copo para o patrão", rogava educadamente que alguém lhe passasse a tabaqueira, enrolava o cigarro e, sério como um papa, à guisa de agradecimento, começava por mandar o objeto ao chão.

Adrien percebeu que Mikhail, que conhecera Stavro apenas dois dias antes, o submetia a uma discreta, mas constante observação. Aproveitando-se de uma breve ausência do homem da limonada, disse em grego ao amigo:

– Que bela bisca! Quanto barulho para não dizer nada!...

Mikhail lhe cochichou:

– É um *barulho* que quer criar um *silêncio* em algum lugar, mas não sei onde... Em todo caso, há algo escondido.

Depois de sete horas de marcha, quase sempre a trote, a carroça – morosa de cansaço e debaixo de uma chuva fina que começava a cair – entrou por volta de meia-noite no vilarejo de X..., onde nada se pôde distinguir, exceto uma matilha de cães frenéticos que atacaram raivosamente o cavalo. Stavro chicoteou-os sem piedade e dirigiu-se confiante para o portão de um pátio, contra o qual o cavalo bateu a cabeça e quase arriou. Da boleia, ele gritou em direção à janela do estalajadeiro:

– Grégoire! Ei! Grégoire!

E quando, depois de uma longa espera, uma silhueta escura veio abrir, ele acrescentou, blasfemando zombeteiramente:

– Páscoa, Evangelhos e todos os Santos Apóstolos! Não queria que fizéssemos crepes e limonada com água de chuva? Abra logo, seu corno danado!

O interpelado resmungou alguma coisa e puxou o cavalo pela rédea. O animal foi desatrelado e a carroça, estacionada. Depois os três feirantes e o proprietário encontraram-se em um desses *cârciuma*[2] romenos, parecidos com o do tio Anghel, onde se come, se bebe, se fuma e se dizem coisas boas ou ruins, de acordo com os homens, as idades e "com a qualidade do vinho".

Stavro foi breve:

2 Taverna. [NOTA DO EDITOR]

– É comer bem, mas sem esticar demais a conversa. Vamos fazer uma pausa até a aurora e então partimos novamente. O mais difícil já passou. Amanhã de manhã, com o corpo e o espírito descansados, contaremos histórias uns aos outros margeando o rio e veremos o sol nascer bem diante dos olhos do cavalo: o tempo vai ser bom amanhã.

Brindando com Stavro, o estalajadeiro disse:

– Você vai à feira de S..., não?

O outro assentiu com a cabeça; seu interlocutor pôs-se a debochar:

– Ainda é com sacarina no lugar do açúcar e com ácido cítrico em vez de limões que você prepara sua limonada?

Stavro olhou bem nos olhos dele e continuou mastigando sua garfada; depois respondeu:

– E você, seu c..., ainda é com álcool e água da bica que prepara a aguardente para envenenar os camponeses e engordar seu pé-de-meia?

Adrien, impressionado, interveio:

– Mas, Stavro, eu vi você comprar açúcar e limão; não eram para fazer a limonada?

– Não, meu amigo, isso é apenas para tapear os mortos de sede! – respondeu Stavro.

E acrescentou em grego:

– Você está vendo, mais uma vez, que sou desonesto! E isso não é nada: posso ser ainda mais.

Mikhail e Adrien trocaram um olhar cúmplice, e os olhos do primeiro responderam aos olhos interrogativos do segundo: "Há algo escondido lá no fundo".

Os três homens levantaram-se. O estalajadeiro pegou uma caixa de fósforos e uma vela e conduziu-os ao sótão. Metade do andar superior estava repleta de feno. Lá no assoalho estenderam uma enorme *rogojina* (esteira) e sobre ela os três se lançaram vestidos, de estômago cheio, meio zonzos de vinho e cansaço.

– Se forem fumar, cuidado com o fogo – disse o estalajadeiro ao sair; levou embora a vela e os fósforos.

Cinco minutos depois, os três dormiam.

Que horas poderiam ser? Adrien não seria capaz de dizer, mas, em certo momento daquela madrugada, sentiu uma mão tocar-lhe o ombro, depois o rosto. Abrindo por um instante os olhos pesados de sono, teve dificuldade de lembrar-se de que não estava em casa, e sim num celeiro; e logo voltou a dormir. Mas eis que de novo a mão percorreu seu rosto e, ao mesmo tempo, um beijo ardente pousou em sua bochecha direita. Dessa vez, Adrien despertou e ficou pensando, imóvel. O que diabo era aquilo? Piscando na escuridão, rememorou a posição dos que dormiam: à sua direita e no meio, Stavro; do outro lado, Mikhail. E pensou: "Como? Stavro me beijou? O que quer dizer isso?".

Acudiu-lhe então uma ideia tão molesta que ele a repeliu, pensando:

– Não... Com certeza eu sonhei! Não é possível!

Mas, alguns minutos depois, sentiu a mão de Stavro tocar-lhe o peito repetidamente. Assustado, perguntou com voz estrangulada, mas bastante sonora:

– Está procurando a minha bolsa de fumo, Stavro?

A pergunta ressoou na noite calma como que sob uma cúpula. Sobressaltando-se, o homem da limonada agarrou-lhe o braço e cochichou-lhe no ouvido, tremendo de emoção:

– Cale-se!

– Mas o que queria então? Foi você que me beijou há pouco? – retomou Adrien, cada vez mais apavorado.

– Cale-se! Não grite! – sussurrou o outro, apertando-lhe o braço.

Seguiram-se alguns instantes de silêncio e terror até que, de repente, se ouviu a voz perfeitamente desperta de

Mikhail falar baixinho em turco, fazendo uma pergunta breve a Stavro. Este pareceu não querer responder; depois proferiu algumas palavras. Mikhail voltou à carga com nova interrogação. Stavro replicou mais longamente. E de novo o primeiro o interrogou com mais vigor; a isso o último respondeu seco. Mikhail parecia refletir, ficou calado um bom tempo; mas eis que se ergueu sobre um cotovelo e, parecendo olhar Stavro direto nos olhos, falou-lhe com calma durante um minuto, sem interrogá-lo. Então aconteceu algo que encheu Adrien de terror.

Mikhail – que Adrien nunca vira violento – sentou-se de um pulo e gritou-lhe uma frase retumbante e breve. Stavro imitou seu movimento e replicou no mesmo tom. A partir desse momento, teve início um diálogo ácido entre os dois homens que mal se conheciam. Na madrugada negra como breu, as frases, as palavras faiscavam violentas como golpes de um assalto de esgrima. Dava para imaginar as duas cabeças aproximando-se com frequência, até se tocarem; os olhos dos dois esquadrinhando-se, impotentes; os braços gesticulando. No coração petrificado de Adrien, as vogais da língua turca ressoavam como lamentos de oboés, e suas consoantes numerosas e duras batiam como um rufar de tambor.

Adrien compreendeu a verdade; compreendeu também que Mikhail prensava Stavro como num torniquete; e uma grande piedade pela miséria deste último encheu-lhe o peito e o fez romper em lágrimas. Soluçando, ele disse:

– Ora... falem grego! Não entendo uma só palavra!

Essa explosão de dor interrompeu a discussão. Caiu um silêncio pesado sobre a frase de Adrien quando ele perguntou:

– Stavro! Por que fez aquilo?

O interpelado voltou-se para o jovem e respondeu com a voz oprimida:

– Mas, meu pobre amigo: é porque sou muito desonesto! Eu bem que lhe disse.

Já calmo, Mikhail replicou:

– É pior que desonestidade: é *perversão*. É uma *violência* cometida contra um equilíbrio em que tudo está em harmonia: o senhor *viciou* esse equilíbrio. E o senhor comete o pior dos crimes quando deseja propagar, estender o vício.

E Mikhail acrescentou com firmeza:

– Peça desculpas sinceras a Adrien, senão eu largo tudo aqui, o senhor e a barraca!

Stavro não respondeu nada. Enrolava um cigarro; e, quando o acendeu, os dois amigos viram, de perfil, que seu rosto estava irreconhecível. A boca e o nariz estavam alongados, o bigode assestado para cima. A tez tinha uma cor espectral. Os olhos estavam fundos, e ele não olhou para os outros; nem mesmo quando os dois, por sua vez, enrolaram cigarros e os acenderam.

Lá fora, os latidos dos cães e o canto dos galos preenchiam o ar e a noite.

– Está bem – começou Stavro muito depois, quando Mikhail já tinha perdido a esperança de ouvir sua resposta. – Está bem, apresentarei minhas sinceras desculpas a Adrien... Sinceras, mas não humildes... E não de imediato, mas quando vocês tiverem me ouvido.

O senhor diz: "perversão", "violência", "vício". E pensa me esmagar de vergonha. No entanto, eu tinha acabado de dizer que sou *desonesto*. E isso é que é pior, porque com isso entendo: *fazer o mal conscientemente*. Mas *perversão*? Mas *violência*? Vício? Meu bom Mikhail! Isso acontece todos os dias, ao nosso redor, e ninguém se revolta! Já faz parte das leis, dos costumes; tornou-se regra de vida. E eu sou um dos aleijões dessa vida perversa: tudo, na minha vida, foi perversão, violência e vício; isso quer dizer que cresci sob o alento dessas calamidades. No entanto, eu não tinha inclinação para isso. É lamentável ser obrigado a falar a contragosto, mas aproveito que ainda estamos no escuro, como no reino das toupeiras. E não é para me defender que quero falar: ah, para mim tanto faz! É para que eu, homem imoral, possa dar uma lição de vida a vocês, que são pessoas morais; sobretudo a você, Mikhail, que não conhece a vida totalmente, como acredita conhecer.

Sou um homem imoral e desonesto. Pela desonestidade peço desculpas; quanto à imoralidade, eu mesmo devo ser o juiz. Juiz de quem? Cabe a vocês constatar. Um acontecimento de minha vida lhes dará meios para tanto; e esse fato é a aventura de meu casamento.

Por volta de 1867, pouco depois da entrada do príncipe Carlos nos principados, eu também retornava ao meu país, mas, ao contrário dele, não como príncipe. Voltava extenuado pela perda romanesca de minha irmã mais velha e viciado pela vida de aventuras que havia levado enquanto a procurei durante doze anos pela Anatólia, pela Armênia e pela Turquia europeia. É uma pena para vocês eu não poder começar contando minha infância, a triste fatalidade de minha irmã e as circunstâncias de minha perversão. Seria longo demais. Talvez um dia eu conte, se desejarem continuar a apertar minha mão; e, se não quiserem mais, isso me será completamente indiferente.

Eu tinha naquela época cerca de 25 anos, dispunha de um pouco de dinheiro e de três línguas orientais, mas tinha quase esquecido o romeno. Os personagens de minha infância não me reconheceram, e isso vinha bem a calhar: eu não queria por nada no mundo ser reconhecido.

Aliás, tinha até documentos de *raia*[3]. Falando mal minha língua, fui visto como estrangeiro.

Por que voltava ao meu país? Por nada e por muita coisa. Por nada, porque eu já não tinha raízes naquele solo onde havia vindo à luz e porque me encontrava bem no estrangeiro. No entanto, esse bem era apenas aparente. Eu levava uma vida livre, nômade, mas viciosa. De mulheres, eu conhecia apenas irmã e mãe: esposa ou amante me eram desconhecidas. E eu as desejava ardentemente, mas tinha medo de abordá-las. – Eis uma coisa que não conhece, Mikhail! – Ah! Quantos erros cometemos na vida! Quando vemos um aleijado de perna ou de braço, não achamos que há nisso opróbrio, todos têm piedade; mas todo mundo recua, ninguém sente piedade de um aleijado de alma! No entanto, é o próprio pilar da vida que lhe falta. Que me faltava. Voltando à Romênia, eu vinha pedir esse pilar àqueles cujos costumes estão mais em conformidade com a verdade sensual. E eles o deram, mas o estritamente necessário para eu conhecer por um instante esse apoio que eles retiraram prontamente, de maneira vergonhosa, lançando-me de novo no vício. Foi da seguinte maneira.

Assim que cheguei, retomei o trabalho de *salepgdi*[4], percorrendo mercados e feiras, mas fora de Brăila, nos arredores e até mais longe. Na cidade, ninguém sabia qual era a minha ocupação. O *salep* eu comprava às escondidas de um turco, apresentando-me como compatriota e só deixando transparecer o que eu desejava mostrar. Assim, trabalhava pouco e ganhava bem, sobretudo porque me amparava na reserva que trazia na escarcela. Logo, pus-me a fazer conhecidos.

---

3 Súdito otomano. [N. A.]

4 No Oriente: vendedor de bebida quente preparada com a farinha *salep*. [N. A.]

Vestido de *ghiabur*[5] e pagando, sem olhar, *okas*[6] de vinho aqui e acolá, topei um dia, na Ulitza Kalimeresque[7], com um bom vinho e com aquilo que buscava desde que voltara (cerca de um ano): o vinho às vezes era servido por uma bela *crâsmaritza*, a filha do dono. E me tornei um freguês fiel daquele bom vinho, assim como cativo das chamas lançadas pelos olhos negros de minha musa. Mas fui prudente: a casa era austera e muito rica. Além disso, ali não gostavam de estrangeiros, apesar de sua fortuna vir deles.

Então, uma das primeiras coisas que faço às pressas é buscar documentos romenos, operação fácil no país do santo *bakchiche*[8]. De um dia para o outro, enterro "Stavro, o *salepgdi*" e torno-me *domnul*[9] Isvoranu, "mercador de artigos de cobre de Damasco". O nome e o título agradam. Angariam consideração e atenção. A casa não tinha mãe. O pai era velho, severo e sofria das pernas.

Depois de três meses de frequentação, vejo-me certa noite jantando em família. Nesse jantar conheço uma tia que substituía a mãe e enchia a moça de carinhos, mas percebo sobretudo que é sempre bom nunca mentir somente pela metade. À mesa estavam dois irmãos, grandes e fortes como *gdealats*[10], que tinham se estabelecido em Galatz justamente como mercadores de tapetes e artigos de cobre de Damasco. Por sorte, eu conhecia Damasco e o ofício melhor que eles; eu havia vendido muito tapete e cobre cinzelado daquela região.

Durante a refeição eu falo, conto histórias e cenas da vida na "Anadólia" e insisto sobretudo na tristeza que os

---

5 Homem abastado. [N. A.]
6 Unidade de medida correspondente a cerca de 1,2 litro. [N. E.]
7 Antigo subúrbio da velha Brăila. [N. A.]
8 Gorjeta, propina. [N. A.]
9 Senhor, em romeno. [N. E.]
10 Carrascos, em turco. [N. A.]

tapetes e os cobres de Damasco acobertam, pois vemos trabalhar, em sua fabricação, inteiramente manual, crianças de 5 anos e velhos quase cegos: as primeiras ganhando 2 *meteliks* (10 centavos) por dia, sem saberem, quase, o que é infância e entrando na vida pela porta do suplício; os últimos, esgotando-se de inanição e sem direito ao descanso nem à serenidade da velhice.

Minhas histórias divertem a moça e, por seu lado triste, arrancam-lhe lágrimas; mas os outros têm o coração duro; retêm apenas o lado anedótico. Isso me desagrada. Tanto que estou a ponto de recuar, mas me lembro a tempo de que não vou àquela casa para casar-me com todos. A moça se mostrava ao meu gosto, e era com ela que queria me casar.

Com ela, minhas relações se restringiam às histórias e às narrativas.

Dois meses depois daquele primeiro jantar, eu podia me considerar íntimo da família. Naquela casa, quase sem vida social, reinava uma atmosfera sufocante, mas a única que se asfixiava ali era a jovem criatura que eu amava. Todas as noites eu ia passar duas, três horas perto dela, para narrar, proferir chistes e às vezes entoar canções orientais, melodiosas e queixosas. A tia e o pai gostavam, mas a moça adorava... Queria mais e mais...

Do estabelecimento, o pai havia expulsado todos os fregueses barulhentos, toda e qualquer algazarra; e raros eram os que abriam a porta para consumir alguma coisa. Retiradas na sala dos fundos, com uma porta de vidro para a loja, a tia, que era a faz-tudo da casa, remendava roupas e, pelas cortinas, vigiava a parte da frente, mal iluminada; a moça bordava ou fazia rendas, enquanto o pai, deitado em sua cama de alcova, cochilava, gemia às vezes e me dava ouvidos. Era burro como uma porta. Sentado num sofá perto dele, eu ia soltando tudo o que combinava com o meu plano, e ele engolia tudo.

Assim, descobri facilmente seu ponto fraco: ele precisava de um homem despachado para tocar seu negócio e tinha visto em mim esse homem. Sabe-se que o romeno não é muito dado ao comércio; não passa de um escravo da terra. Como queria dar a mão da filha a um negociante versado no ramo comercial, e como, por outro lado, naquele tempo só havia estrangeiros para tocar com sucesso negócios fáceis e rentáveis, ele ficou contente em encontrar-se diante de um homem da terra que tinha rodado o mundo, conhecia línguas e podia até dar conselhos a seus outros dois filhos, tão estúpidos quanto ele; porque, intrigado com o modo como aqueles brutos tinham sido capazes de acumular fortuna, eu acabava de descobrir que a falecida mãe tinha uma capacidade comercial de primeira ordem. A filha puxara a seu temperamento; mas, depois da morte da mãe, a casa tinha mergulhado no marasmo.

Meu aparecimento trouxera um ar respirável; cada um dos cinco seres o respirava à sua maneira. O velho e seus dois filhos – que vinham a cada quinze dias passar o domingo em família – riam como idiotas e me sufocavam com perguntas sobre negócios, sempre negócios. Para porem à prova a minha honestidade, não encontraram nada mais inteligente do que me pedir, uma vez, certa soma em dinheiro e, de outra vez, me confiar certa quantia. Eu os satisfiz nos dois casos, pensando com meus botões que, sem dúvida, burrice e dinheiro devem ser irmãos gêmeos. Portanto, aqueles três não diferiam entre si.

A velha, irmã da finada, não ria e chorava ainda menos. Em compensação, com frequência me atormentava com perguntas sobre meus negócios de então. Durante algum tempo me esquivei; ela começou a suspeitar de mim. Depois, fortalecido pela confiança de meus três patetas, eu respondia demoradamente que meus negócios iam mal havia dois anos por falta de um bom capital. Aí, mais uma vez, eu apenas mentia em parte, porque era verdade; se eu pudesse dispor de uma grande soma! O melhor comércio da época era o de artigos de cobre estrangeiros. A resposta colou, visto que eu nunca havia dito que era rico.

Mas a alegria do meu coração era a afeição da bela Tincutza. Ela foi a única que me entendeu e me amou, a única que me fazia resistir e ter esperanças naquela casa de desesperança.

Homem livre, que não venerava nem um pouco o dinheiro, acostumado a respirar as grandes correntes da vida que balançavam os miasmas da natureza, eu só me demorava naquela casa – onde tudo estava viciado pelo egoísmo e pela parvoíce – por causa daquela que aspirava com todas as forças à liberdade.

Muitas vezes ficávamos quase sozinhos. O estabelecimento era fechado no início da noite. A tia ia se deitar: acordava cedo. E, então, perto do pai (que sabíamos estar dormindo ou acordado apenas pelos gemidos), Tincutza, debruçada sobre o bordado, dizia-me com uma olhadela que me gelava o sangue:

– Conte-me alguma coisa, senhor Isvoranu: alguma coisa triste...

O pai gritava:

– Não, nada triste! Coisa triste me entedia.

– Bom, então alguma coisa alegre – acrescentava ela, melancólica.

– Vou contar algo para todos os gostos – dizia eu.

– No ano passado, eu estava com uma mercadoria numa feira às margens do Jalomitza[11]. Vocês sabem que, nas feiras, ter uma boa relação com todos é atitude sensata. As amizades são feitas e desfeitas com a mesma rapidez, mas o risco de um feirante encontrar-se com outro

11 Rio na Romênia. [N. A.]

feirante é maior do que o de um morto se encontrar com o pope que o enterrou...

– Isso é que é esperteza... – rosnava o velho.

– Então eu adotava essa linha de conduta, e vejam só o que me aconteceu naquele dia. Eu conhecera pouco tempo antes um feirante chamado Trandafir, cigano que afirmava vender colares de miçangas, mas na verdade caçava otários que se deixavam lograr num jogo de três cartas a que chamam: *Eis o rei, onde está o rei?*. Para ser franco, Trandafir era um vigarista. Mas aquele vigarista me interessava. Com seus colares enfiados nos braços, ele ia se encostar na minha banca, fumava seu cachimbo sem dizer nada e escarrava até eu me enojar e expulsá-lo dali. Então, ele se misturava à multidão, gritando: "Colares! Colares!". Mas seus olhos esquadrinhavam as caras dos camponeses indicados para se tornarem clientes de seu jogo, e quem entrava nele saía com os bolsos vazios. Querendo que ele ganhasse a vida com mais honestidade, eu lhe havia proposto, uma vez, mudar de profissão:

– O quê? – respondeu-me. – Você quer que eu seja seu sócio?

– Não, não quero que seja meu sócio, mas posso torná-lo *salepgdi*. Ganha-se bem.

– Ah! – disse ele. – Ganha-se bem! O seu *salep* não me fará nunca ganhar o suficiente para, a cada seis meses, eu poder acrescentar um novo ducado ao colar de ducados imperiais de minha bela Miranda, e então, meu velho, ela partirá para a casa de outro, porque, veja você, o amor é volúvel!

Admito que ele tinha razão: *salep* não rende ducados, enquanto suas "três cartas"... Pois bem! Suas "três cartas" renderam, no dia em questão, 5 ducados de 12 francos em menos de uma tarde. Ocorre que esses ducados, daquela vez, chegaram acompanhados por uma história bem divertida: o jovem camponês que fora despojado de suas posses não queria mais largar Trandafir, e os dois, depois de uma corrida maluca do tipo *pegue-me se puder* através dos campos, apareceram diante de mim para me tomar como árbitro.

O camponês dizia:

– Se ele não quer me devolver o dinheiro, então que me ensine essa profissão; sim, sua profissão; farei como ele.

Trandafir dava de ombros:

– Esse *cojane*[12] é louco! Que *beleá*[13], que *beleá*!

– Não, meu velho – dizia o outro. – O dinheiro, meu dinheiro, ou sua profissão! Não vale a pena ser honesto; farei como você!

– Mas você não é mais honesto do que eu – gritava Trandafir. – Você tentou ganhar meu dinheiro: eu fui mais esperto e ganhei o seu, só isso.

– Sim – concordou o camponês –, eu não fui muito mais honesto; por isso deixo 1 ducado para você e quero os outros 4. Senão vou me jogar no Jalomitza, e isso é pecado... Tenho em casa uma mulher jovem e solitária... Estamos apaixonados... E os 5 ducados eram o único bem que pendia do colar dela. Eu peguei esses ducados para comprar dois cavalos e lavrar a terra.

Trandafir deu um pulo, como se tivesse sido queimado com ferro em brasa:

– Como? Imbecil, você tira os ducados de sua mulher para comprar cavalos? Ah! Você não merece ter uma mulher com um colar de ducados!

– Mas o que eu podia fazer? – lamentava-se o jovem.

– O que fazer? – bramiu o cigano. – Ora essa, ir roubar os cavalos a 3 léguas de sua terra e deixar os ducados no pescoço de sua mulher!

---

12 Caipira. [N.E.]

13 Confusão. [N.A.]

E, dirigindo-se a mim, Trandafir disse:

– Já viu um romeno tão besta quanto este?...

Dizendo isso, ficou pensativo, fumou e escarrou. O camponês chorava com as mãos no rosto. Então vi o seguinte: Trandafir voltou-se para o jovem, abaixou-lhe as mãos e, rápido como um raio, aplicou-lhe duas bofetadas.

– Por que está me batendo? – gritou o esbofeteado.

– Porque você é burro. Não gosto de homem que chora – respondeu o cigano, revirando os olhos pretos como um diabo. – Agora, aqui estão os 5 ducados, e volte esta noite para sua terra, mas fique à distância de um tiro de espingarda da aldeia, na estrada principal, ao amanhecer; vou lhe levar os dois cavalos e lhe dar mais duas bofetadas. Para ensiná-lo mais uma vez a não tocar no colar de ducados de uma bela mulher, a não ser para acrescentar mais moedas.

Seis meses depois dessa aventura, encontro Trandafir na estrada de Nazîru. Ele estava a cavalo, eu, de carroça. Quando nos cruzamos, perguntei:

– Você cumpriu a palavra, Trandafir?

– Cumpri – respondeu ele. – Dei-lhe os dois cavalos e as duas bofetadas.

Enquanto eu contava, o pai adormeceu, mas Tincutza ficou mais emocionada do que nunca. Foi então que me vi, pela primeira vez na vida, sozinho diante de uma bela moça que me observava com os olhos amorosos, úmidos, cintilantes. Inclinando-se em minha direção, ela tomou minha mão e disse com uma voz mais melodiosa do que as cordas do violino:

– Diga, senhor Isvoranu: o senhor seria capaz de amar como o cigano Trandafir?

Eu não saberia dizer se minha mão queimou ou congelou, mas sei que fui tomado de um pânico repentino, minha cabeça girou como se eu estivesse caindo de um telhado, e, sem mais, apanhei meu chapéu e fugi.

Ela tinha encarado aquilo como uma brincadeira da minha parte e riu muito ao me ver no dia seguinte. Mas eu estava desconsolado: meu medo de ficar sozinho com uma mulher se manifestava com mais violência do que nunca. Toda a esperança que eu havia depositado na salvação de uma intimidade de vários meses desaparecia; eu continuava sendo, sem tirar nem pôr, um aleijado de alma.

No entanto, como se faz com os cavalos que têm medo de fogo, eu me convenci de que, de tanto passear com a chama debaixo do nariz, eu acabaria por deixar de temê-la. Quem sabe? O que conhecemos da natureza humana? Menos do que os animais! Se eu tivesse tido tempo de dominar meus sentidos pervertidos e de domar meus instintos selvagens, talvez houvesse alcançado o equilíbrio. Mas, para isso, teriam sido precisas a benevolência dos homens e a confluência das circunstâncias. Nem aqueles nem estas aceitaram salvar um homem. Estas fizeram de mim um homem pobre, enquanto as pessoas não viam nada além daquilo que seu egoísmo lhes prescrevia. O resultado foi que nós quebramos a cara; porém quem mais merecia compaixão era eu.

Eu não gostaria de ter pedido a mão de Tincutza antes de estar certo de que um início de cura já se fazia sentir em minha natureza; mas outro pretendente tomou a frente e pôs minha situação em perigo. A interessada disse em alto e bom som que não queria se casar com ninguém, só comigo, e então o pai me perguntou o que eu achava daquilo.

O que eu achava? A simples ideia do casamento lançava-me nos piores terrores do inferno! Não consegui responder nada. Fui evasivo, confuso. Tincutza, ferida no amor-próprio, verteu lágrimas que me arrancaram as entranhas. O pai atribuiu minha confusão ao fato de eu não ser "um homem rico" e me consolou dizendo:

– Você será rico um dia, trabalhando aqui!

Entenderam? Eles achavam que era fortuna o que eu procurava naquela casa.

Assim, o abismo se aproximava, e eu ia direto em sua direção: pedi a mão de Tincutza. Ela ficou radiante, a casa despertou da letargia, e eu me sentia perdido. Os dias que se seguiram ao pedido de casamento pareciam os últimos instantes de um condenado à morte. Tincutza estava encantada:

– É de emoção que você está tão abatido? – disse-me ela um dia. – Como estou feliz!

Pobre moça!

Para me distrair, eu pilheriava da manhã à noite; mas logo se percebeu que não era como antes e, na noite do noivado, estive a um passo de perder os sentidos. Os parentes presentes ficaram muito intrigados; e, assim como minha noiva, atribuíram a perturbação à emoção. Instaram-me a falar, rogaram-me que contasse alguma coisa. Eu revirava o cérebro e não encontrava nada. Mas o sacerdote que havia trocado as alianças, depois de recitar os votos da Igreja, inspirou-me uma anedota.

Falava-se do cultivo dos campos, e o pope se queixava de que seus lavradores o enganavam, trabalhando devagar demais. Eu disse, para entabular minha história:

– Se o senhor quiser fazê-los trabalhar mais depressa, só há um meio, padre.

– Qual, filho?

– É blasfemar feio, blasfemar como um *surugiu*[14]!

– Ah! Não podemos blasfemar: é pecado.

– Sim, é pecado, claro – concordei –, mas já foi absolvido pelo arcebispo de Bucareste, sempre que em circunstâncias nas quais não se possa fazer outra coisa.

---

14 Cocheiro. [N.A.]

O pope assumiu um ar cético, mas os assistentes gritaram:

– Como? Diga, como? Conte!

– Pois bem, vejam como. Um dia, o arcebispo de Bucareste tinha de ir a uma cidade onde sua presença era necessária a uma cerimônia oficial. Mandaram vir a melhor diligência, e sua santidade subiu. Mas o *surugiu* do veículo ficou muito descontente, apesar da bela gorjeta que o esperava: é que, como todos nós sabemos, um *surugiu* não consegue conduzir os cavalos sem blasfemar. Para ele, girar o chicote no ar e blasfemar é mais imprescindível do que a própria gorjeta, e o *surugiu* do arcebispo fazia jus ao nome. Temendo os castigos do grande prelado, o coitado mordia os lábios e guiou como podia durante três horas de estrada, mas, chegando a um local em que era preciso passar um vau, ele parou de chofre. Sufocado e vermelho de raiva como um lagostim frito, abandonou as rédeas dos quatro cavalos e ficou à espera, decidido a reivindicar seu direito a todo custo. O arcebispo impacientou-se e, depois de algum tempo, pôs a cabeça para fora da portinhola, perguntando o motivo da parada. O *surugiu* tirou o gorro e explicou humildemente:

– É que, veja bem, Reverendíssimo, os cavalos estão acostumados com as blasfêmias do *surugiu*, e, como não pude blasfemar, dada a Vossa Santa Presença, eles deixaram de me reconhecer e estão se recusando a entrar no vau.

O arcebispo recomendou:

– Grite para eles, meu filho: “Hi! Hi! Cavalos valentes!...”.

O *surugiu*, malandro, repetiu desenxabido:

– “Hi! Hi! Cavalos valentes!...” Mas os bichos não se convenceram.

– Não há outros meios além de blasfemar para fazê-los seguir? – interrogou Sua Santidade, perdendo a paciência.

– Não, Santo Padre, eu garanto: os cavalos só andam com aveia e blasfêmias!

– Pois bem! – respondeu o metropolita. – Blasfeme então, e eu o absolvo do pecado!

O *surugiu* saltou do assento, agarrou as rédeas, estalou seu interminável chicote e gritou com uma voz de aterrorizar os mortos: "Hi! Hi! Hi!... Benditas chinelas da Virgem!... Todos os santos ícones!... Os *catorze* Evangelhos!... Sessenta sacramentos!... Doze apóstolos e quarenta mártires da Igreja!... Hi! Hi! Hi! Cavalos valentes, em nome de Deus e do Espírito Santo!".

A diligência voou sobre o vau como uma andorinha. Na outra margem, o arcebispo pôs novamente a cabeça para fora e disse ao condutor, que o olhava com ar triunfante:

– É impressionante como seus cavalos são adestrados, mas você deve carecer de instrução religiosa: não há *catorze* Evangelhos, mas *quatro*; e nada de *sessenta* sacramentos, mas somente *sete*.

– O senhor tem razão, Santo Padre, e eu já sabia; no entanto, veja bem: *quatro* e *sete* são números muito breves para a gente blasfemar como deve; e então, nós, cocheiros, fazemos o que podemos para adaptar da religião e ajustá-la às necessidades profissionais.

Essa anedota, pelas gargalhadas que produziu, deixou o pope embaraçado e a mim mais à vontade. Tincutza estava radiante e orgulhosa de mim.

Ah! Por que as coisas não pararam por aí? Ou por que eu não escapei antes do drama? Porque o drama, longo, interminável, chegou três semanas depois – três semanas de tortura pouco conhecida e pouco crível, nas quais cada beijo que eu recebia de minha noiva me parecia um conselho para dar no pé e me perder no mundo: esse drama começou com as núpcias.

Agora cheguei ao crime monstruoso que acabou com minha vida e com a da inocente Tincutza; cheguei, meu bravo Mikhail, à sua *perversão*, à sua *violência*, ao *vício*, a todas as maldições que os brutos mercadores de duas pernas praticam na forma de bons costumes, usos e tradições, envenenando a vida e tiranizando inocentes; porque, tanto quanto minha casta noiva, eu também era um inocente, doentio no meu caso.

Você talvez não saiba, Mikhail, do que se trata. Você não sabe que, em nossa terra, nas festas nupciais, mulheres da família e até estranhas invadem o quarto dos noivos algumas horas depois que eles se recolheram, despacham-nos para outro quarto e vasculham a cama do casal em busca de uma prova irrefutável da castidade da noiva, prova que elas carregam às vezes triunfantes para mostrar aos convidados que se banqueteiam na sala ao lado. Já vi pior do que isso: já vi esse estandarte levado na ponta de uma vara pela estrada de Petroi a Cazassou, rodeado de um bando de possessas a ulular em torno do escabroso troféu: estavam acompanhadas por um cigano que arranhava um violino e, na alvorada de uma segunda-feira, iam levar a "aguardente vermelha" à feliz mãe da infeliz virgem.

Você conhece, Mikhail, alguma coisa mais bárbara e abominável? Haverá perversão ou perversidade, violação ou violência, vício ou sadismo que sejam mais desumanos, mais cruéis e mais inauditos que essa alegria, esse espetáculo, esse procedimento maligno e vergonhoso?...

Pois eu sabia. Eu conhecia tudo aquilo quando o dia do casamento chegou. Não apenas esses usos asquerosos sempre tinham me revoltado, como também, na hora perigosa em que meus sentidos me traíam tão miseravelmente, era de meu interesse vital repudiar, mandar ao diabo aquela mascarada funesta.

Chamei o pai e a tia e falei com eles. O pai, mesmo gostando daquele costume repugnante, não foi muito peremptório, mas a velha defendeu com unhas e dentes que ele deveria ser respeitado, por ser uma tradição da nação, guardiã da honra.

Nós paramos por ali e o cortejo nupcial partiu, numa bela tarde de domingo, com o fausto da época, rumo à igreja: todos a pé, salvo dois cavaleiros que abriam caminho; vinha em seguida o portador de dois imensos círios de Moscou deitados sobre uma grande bandeja de prata cinzelada, incrustada de ouro; depois, todo o séquito. Na saída da igreja, os cavaleiros retomaram a frente, disparando as pistolas, fazendo tremular no ar os panos compridos que traziam amarrados nos braços e pondo a dançar os cavalos de crinas ornadas de fitas e trançadas com prata. Na bandeja agora havia o pão e o sal tradicionais. Logo depois, eu me arrastava, tiritando de medo e infelicidade, com o círio na mão e Tincutza nos braços; ela, contente debaixo do monte de enfeites que a escondiam inteiramente. Atrás de nós, o cortejo nupcial, tudo aquilo aturdido por doze músicos que tocavam quatro instrumentos: violino, *cobza*[15], clarinete e corneta de pistões. No percurso, as mulheres que voltavam da fonte entornavam a água de seus *cofas*[16] sobre o trajeto percorrido pelo cortejo, como votos de fartura.

E à noite a hora fatídica soou para mim. Havia à mesa cerca de vinte convidados, incluindo os parentes. Os discursos dos pregoeiros nupciais desencadearam uma alegria transbordante, e eu tive de me pôr em uníssono e contar histórias em resposta às narrações dos comensais. Um destes, com o ânimo aquecido pelo vinho, teve o mau gosto de contar como certa vez, em sua aldeia, um noivo, descobrindo que a recém-casada caíra em culpa, dera-lhe uma surra na própria noite de núpcias; depois, na manhã

15 Instrumento de cordas romeno. [N. E.]
16 Baldes. [N. E.]

seguinte, enfiou-a no carro de bois, de costas para os animais e com o rosto voltado para a parte traseira, onde, na ponta de um pau, se equilibrava um pote de barro com o fundo arrombado; com tal desfile, devolveu a moça aos pais estarrecidos.

Eu olhava Tincutza: ela permanecia calma, convicta da própria inocência. Mas eu fiquei apavorado e gritei que o que se passa entre os esposos não interessa a mais ninguém, além deles.

– Logo veremos se isso não interessa a ninguém! – responderam alguns chegados.

De fato, esse "logo" foi bonito de ver, porque, à meia-noite em ponto, percebi que bolinhas de miolo de pão partiam de várias direções e vinham me acertar no rosto; depois foram pedaços de pão e, depois de alguns minutos, nacos enormes.

– O que é isso? – perguntei.

– Pois isso quer dizer que o senhor precisa se levantar e ir cumprir seu dever! – gritou a madrinha.

Juro, meus amigos, que eu não estava entendendo; mas compreendi quando meu padrinho me chamou à parte e me explicou de que dever se tratava. Enquanto ele falava comigo, a madrinha e a tia faziam a toalete de Tincutza no quarto que nos fora destinado; depois vieram me beijar, assim como o pai, e, sem mais, abriram a porta e me empurraram para dentro, fechando-a às minhas costas.

Durante aquele instante, um dos mais trágicos de minha vida, eu me lembro ainda vagamente de ter visto o rosto divinamente belo de Tincutza repousando sobre a alvura do travesseiro, com a cabeleira esparramada ao redor; foi só isso naquela noite: caí sem sentidos no meio do quarto!

Uma febre forte me fez delirar durante 24 horas; fiquei doente quinze dias. Não sei o que disse durante meu estado de inconsciência, mas sei que poucos foram os que me visitaram. Quando sarei, vi-me num mundo inimigo. Meu sogro e a tia me pediram explicações sobre a vergonha que eu acabara de infligir à casa. Safei-me provisoriamente com o pretexto de que estava *amarrado*[17]. Eles não tiveram nenhuma piedade de mim e me detestaram ainda mais.

A partir daquele momento e durante dez meses, ódio e hostilidade ergueram-se diante de mim. Deixavam-me afastado de todo e qualquer negócio; não quiseram confiar-me nenhuma atividade; guardavam o dinheiro sempre à chave, como se eu fosse ladrão. Com meus próprios meios eu não podia empreender nada – exceto voltar a ser *salepgdi* –, porque tinha gastado quase todo o meu dinheiro em presentes de casamento. E então teve início essa vida terrível que me aterroriza até hoje.

Eu não poderia contá-la com pormenores; isso me causa sofrimento demais...

Entrincheirado naquela casa funesta, raramente eu ousava pôr o pé na rua, e só de madrugada. Estava proibido até de descer à loja. Nada de visitas... nada de amizades... nenhum trabalho. Tudo o que eu dizia, tudo o que eu propunha era mal recebido. À mesa éramos como surdos-mudos. E eu, de babuchas e mangas de camisa, passeava de um cômodo a outro como um parasita, como um tonto ou como certos outros agregados.

Os dois cunhados vinham todos os domingos. Eu lhes pedi que me levassem a Galatz para trabalhar no negócio deles, do qual eu entendia um pouco. Eles falaram em

---

17 Crença popular de que a bruxaria é capaz de tirar a virilidade de um homem. [N. A.]

divórcio. E, de fato, vocês dirão que teria sido a solução mais sensata. De jeito nenhum.

Minha mulher, desde o casamento, se afastara completamente da família. Toda a vida dela agora estava enraizada na minha, nesta vida miserável e estropiada. Sem lágrimas e sem rancor, ela havia aceitado o infortúnio com uma coragem inesperada; acreditava sinceramente que eu devia estar *amarrado* por uma feiticeira e rogava a Deus, com fervor, que vencesse o diabo e curasse o marido que ela amava, apesar da deficiência.

Enclausurados, passávamos os dias a sós em conversas intermináveis, com uma ternura que não se pode imaginar maior. Eu lhe pedia perdão. Ela me respondia que não me julgava culpado de nada. Ah! Como eu poderia esquecer a única criatura humana que me compreendeu e teve piedade de mim? E quem pode garantir que, sem o ódio que nos envenenava, eu não me tornaria o marido e o homem normal a que eu aspirava ser com todas as minhas forças? Eu já não era tão tímido como no início, já não tinha medo de minha mulher, aquele pavor que me gelava o sangue quando dos primeiros toques. Havia até momentos em que vagos desejos, despertares débeis, pequenos impulsos sexuais formigavam pelo meu corpo e me faziam corar quando ela me estreitava nos braços, me acariciava, me assegurava de seu amor.

Mas o que o amor cria com dificuldade o ódio destrói num instante, e é isso que eu jamais perdoarei nos homens. Todas as manhãs, mal saía eu do quarto, os dois corvos de nossa desgraça lançavam-se sobre a pobre e perguntavam-lhe se alguma coisa se passara. Como ela se recusasse a falar, os malditos urubus despejavam conselhos de separação e a torturavam até o desespero.

Esse martelamento e essa destruição sistemática do pouco que a natureza tentava reconstruir duraram dez meses. Nós sufocávamos. Os dois carrascos de Galatz começavam a tornar-se agressivos: insultaram-me e instaram-me a convencer minha mulher da separação. Não havia mais modo de resistir. Encolhidos, um junto ao outro, muitas vezes nos recusávamos a descer para comer, passávamos dias com uma única refeição e vimos surgir de repente, em nosso pensamento, a ideia de fugir.

Ela perguntou se eu conseguiria ganhar a vida com o pouco dinheiro que me restava e, ao ouvir minha resposta inflamada sobre um futuro de liberdade e amor que eu seria capaz de lhe descortinar longe daquela casa funesta, seus olhos verteram lágrimas de alegria. Enlaçados como dois irmãos perdidos num mundo inimigo, tínhamos o rosto e a roupa banhados em nossas próprias lágrimas e vivemos as horas de mais intensa felicidade que se pode experimentar nesta terra.

Mas essas horas foram também as últimas que nos foi dado viver juntos. A grande onda de ódio dos homens se aproximava.

Estávamos em fins de fevereiro. Nosso plano estava traçado: esperar ainda mais um mês e, no fim de março, fugir num veleiro que ia para Istambul.

Mas fazia alguns dias que notávamos estranha mudança na atitude de nossos dois tiranos: haviam subitamente parado de visitar minha mulher pela manhã, já não a aterrorizavam; a mim o velho disse uma noite que eu poderia sair e entrar quando desejasse. Fiquei boquiaberto! Fui correndo até Tincutza, mas ela se desfez em lágrimas:

– Acho que uma desgraça nos ronda! – disse ela. – Tenho pesadelos: vejo você à noite, cercado de crianças chorando, e eu, toda enfeitada de ouro e de pedras preciosas. É horrível. Não saia! Quem sabe o que pode acontecer? Suportamos esta prisão há dez meses; vamos sofrer mais algumas semanas!

Ao ouvir aquelas palavras, senti um punhal entrando no meu coração e comecei a tremer; mas, meus bravos amigos, a sorte do homem está escrita de antemão. No dia seguinte, manhã radiante de inverno sereno... A neve, com três palmos de altura, cobria o mundo com sua mortalha imaculada, enquanto as sinetas dos trenós, que voavam em todas as direções, enchiam o ar com seu tilintar nostálgico. Eu estava à janela e parecia-me que as paredes desmoronavam sobre mim. Fiquei desvairado! Uma força irresistível me chamava de fora, para o *lá-fora* que é movimento, vida, impetuoso mistério da livre existência que eu já não conhecia havia quase um ano. Eu me joguei aos pés de minha mulher e lhe supliquei que me deixasse sair uma hora, meia hora, cinco minutos, sair dos muros, dos telhados, do sofrimento!

Ela me deu ouvidos e permissão de sair, aconselhando-me a levar o punhal e duas pistolas, e recomendando que não me deixasse abordar por ninguém. Beijei-lhe as babuchas, peguei minha peliça, meu gorro de astracã e desci para a loja.

Ah! Essa foi minha perdição e a da pobre Tincutza! Foi nossa perdição, não imediata, porque nada ocorreu naquela manhã, nem quando saí à tarde e no dia seguinte; mas certamente em uma daquelas passagens pela loja fui reconhecido pelo olho pérfido que, escondido pelo velho atrás de alguma porta, me desmascarou!

Na noite do último domingo que vivi naquela casa – tinha voltado com os olhos cheios da majestade do Danúbio, em que desfilavam enormes blocos de gelo –, beijei pela última vez aquela que durante dez meses foi a mais doce das esposas e a mais pura das virgens.

Estávamos calmos. Mas, ao descermos para o jantar, uma trágica gravidade nos entristecia o rosto e nos punha à beira das lágrimas. Ela perguntou, quase no fim da refeição:

– Por que os irmãos não estão aqui?

– Eles já vão chegar – respondeu o pai.

Acendemos os narguilés e tomamos café turco. Lá fora, noite e silêncio... Começou a ficar tarde. De repente, surpreendendo um olhar expressivo entre o velho e a tia, Tincutza desatou a chorar.

Naquele momento, a porta rangeu nos gonzos e os dois irmãos, sombrios como carrascos, apareceram trazendo um homem; quando o vi, empalideci.

Era um grego que fora meu amigo em tempos idos e agora comparecia como delator e criminoso.

Os três ficaram de pé diante da porta ainda aberta, e a primeira palavra, como única saudação, foi a do traidor. Estendendo o braço e apontando para mim, ele disse em romeno:

– É isso aí, o seu senhor Isvoranu? Entendo por que está *amarrado*: esse aí é Stavro, *salepgdi* e p...

Ao ouvir essa última palavra, que designava o meu vício e o dele, Tincutza soltou um grito e rolou pelo chão, enquanto eu...

Agarrado pela crueldade e pela vingança de meus cunhados, fui arrastado pela loja e espezinhado, surrado na cabeça, no rosto, no peito até desmaiar. Então...

Então acordei do lado de fora, na neve, diante da porta trancada do pátio que dava para uma rua fechada. Eu estava congelado. Os membros, o peito, a cabeça, machucados. E, como roupa de inverno, estava em mangas de camisa, com a cabeça descoberta.

Reuni minhas forças e fui pedir hospitalidade ao turco que me fornecia *salep* dezoito meses antes; ele me recebeu como cristão e cuidou de mim como irmão.

Quatro dias depois, aquele bom homem, sem saber a quem falava, contava-me, naquele leito de sofrimento, a notícia que corria toda a cidade pela manhã: Tincutza acabara de ser recolhida na margem esquerda do Danúbio por lipovanos...

.....

Desde então, 35 anos se passaram, e a cada ano, na data fatal, vou à margem do Danúbio, quando por ele desfilam os blocos de gelo, pedir perdão a Tincutza pela injúria que cometi contra ela.

A você também, Adrien, peço perdão pela injúria que cometi...

.....

Na estrada de X... entre dois campos de centeio, a carroça com os três homens ia a trote.

Diante dos olhos do cavalo, que espirrava no frescor matinal, a estrela do pastor brilhava sobre a cúpula purpurada do Levante.

Uma cotovia surgiu do campo e subiu como uma flecha em direção ao céu. Stavro a seguiu com o olhar até que a viu cair de volta como uma pedra; com os olhos fixos no local onde ela havia acabado de desaparecer, ele cantou, na língua universal conhecida dos homens que não têm pátria e na melodia que não se escreve no papel:

Se eu fosse uma cotovia,
Também mergulhava no azul;
Mas não voltaria para a terra
Onde os homens semeiam o trigo,
Onde os homens ceifam o trigo,
Onde semeiam e ceifam sem saber por quê.

2. Kyra Kyralina

NO PEQUENO BOSQUE ONDE A CARROÇA DOS TRÊS FEIrantes parou para o almoço, Stavro fazia ouvidos moucos para os dois companheiros que havia uma hora lhe pediam a história de sua infância e a da irmã, que ele mencionara no início do relato no celeiro. Não era falta de vontade de contar – porque seu estado de espírito estava predisposto agora àquela evocação distante –, mas é sempre assim quando desejamos tocar nas eclusas enferrujadas que barram a passagem das águas do passado: é bom fazer-se um pouco de rogado.

Estendidos no musgo macio do pequeno bosque, já estavam fumando enquanto o cavalo pastava e bufava dando passos curtos em torno deles. Stavro levantou-se, foi recolher galhos secos e acendeu uma fogueira; e, quando a brasa estava pronta, procurou na carroça os utensílios para preparar café, ferveu água e colocou no *ibrik*[18] de cobre o açúcar e o café necessários. Depois, com um talento

18 Espécie de jarra. [N. E.]

de *cafédgi*[19], verteu o líquido espumante e aromático nas três xícaras sem pires, chamadas *felidganes*[20]; serviu, sentou-se com as pernas cruzadas à turca e começou:

– Não me lembro da data nem da idade exata que eu tinha naquela época. Mas sei que o acontecimento que se seguiu de imediato ao drama foi a Guerra da *Crimeia*.

Quando era bem pequeno, lembro-me da dureza de um pai que batia em minha mãe todos os dias, sem que eu entendesse por quê. Minha mãe se ausentava com frequência da casa, retornava e apanhava antes de sair e depois de voltar. Eu não sabia se a maltratava na ida para fazê-la ir embora ou se para impedi-la de ir, nem se, na volta, era por causa da ausência ou para ela não retornar mais.

Lembro-me ainda de que, naquela época confusa, ao lado do pai sempre ficava meu irmão mais velho, tão duro quanto ele, enquanto ao lado da mãe se lamentava minha irmã Kyra, quatro anos mais velha que eu e pela qual me sentia atraído.

Pouco a pouco a névoa se dispersa, eu cresço e começo a entender. E entendo coisas curiosas... Eu devia ter entre 8 e 9 anos, minha irmã entre 12 e 13: ela era tão bela que eu ficava o dia inteiro ao seu lado para admirá-la da cabeça aos pés. Ela se embelezava desde a manhã até a noite, e minha mãe fazia o mesmo, porque era tão bela quanto a filha. Com uma caixa de ébano, diante do espelho as duas maquiavam os olhos com *kinorosse*[21] embebido em óleo, as sobrancelhas com a ponta carbonizada de um galho de manjericão, enquanto os lábios e as maçãs do rosto eram coloridos com vermelho de *kîrmîz*[22], tal como as unhas. E, termi-

19 Especialista em fazer café. [N. E.]
20 Pequenas xícaras. [N. E.]
21 Fuligem fina. [N. E.]
22 Pintura vermelha. [N. E.]

nada aquela longa operação, elas trocavam beijos e palavras carinhosas e se punham a fazer minha toalete. Depois nós três, de mãos dadas, dançávamos à turca ou à grega e nos beijávamos. Desse modo, formávamos uma família à parte.

Agora o pai e o primogênito já não vinham todas as noites para casa. Eram fabricantes de carroças, os mais habilidosos e procurados da região, e a oficina ficava do outro lado da cidade, no bairro chamado *Karakioi*, ao passo que nós morávamos em *Tchetatzué*. Entre nós e eles se estendia toda a cidade. A casa de *Karakioi* pertencia a meu pai. Lá ele mantinha dois aprendizes, que alimentava e abrigava, assim como uma velha doméstica que cuidava da casa. Eram sete pessoas. Nós nunca íamos lá, e eu mal conhecia a oficina de meu pai, que me dava medo. Em Tchetatzué, estávamos na casa de minha mãe, não fazíamos absolutamente nada o dia inteiro, nos divertíamos... No inverno, tomávamos chá; no verão, refrescos; durante o ano todo comíamos *cadaifs*, *serailés*[23], tomávamos café, fumávamos narguilé, nos maquiávamos e dançávamos... Era uma vida boa...

Sim, era uma vida boa, exceto nos dias em que o pai ou seu filho ou os dois juntos irrompiam no meio da festa e espancavam a mãe, esmurravam Kyra e quebravam a bengala na minha cabeça, porque agora eu também fazia parte da dança. Como normalmente falávamos turco, eles chamavam as duas mulheres de *patchauras* e a mim, de *kitchuk pezevengh*[24]. As duas infelizes se jogavam aos pés dos tiranos, abraçavam-lhes as pernas e imploravam que lhes poupassem o rosto:

– No rosto não! – rogavam elas. – Em nome do Senhor e da Virgem Santa, não batam na cara! Não toquem nos olhos! Perdão!...

---

23 Putas e pequeno cafetão. [N. A.]

24 Biscoitos turcos. [N. A.]

Ah! O rosto, os olhos, a beleza daquelas duas mulheres!... Não existia nenhuma que fosse superior à delas! Tinham cabelos de ouro, compridos até as pernas; a tez branca; sobrancelhas, pestanas e pupilas negras como ébano. Porque, no ramo romeno, do lado de minha mãe, houvera uma mescla de três raças diferentes: turca, russa e grega, de acordo com os ocupantes que tinham dominado o país no passado.

Aos 16 anos, minha mãe punha no mundo o primeiro filho; mas, no momento em que abri os olhos, ninguém acreditaria que ela era mãe de três filhos. E aquela mulher, feita para ser acariciada e beijada, apanhava até sangrar. No entanto, se meu pai não esbanjava carícias, os amantes a ressarciam esplendidamente; e eu nunca soube se, no início, foi minha mãe que começou a trair o marido e a se deixar surrar, ou se foi meu pai que começou a maltratar a mulher e a se deixar trair. Em todo caso, a festa nunca acabava lá em nossa casa, porque gritos de prazer se alternavam com gritos de dor; e, assim que a surra terminava, as risadas desatavam nos rostos banhados de lágrimas.

Eu montava guarda, comendo bolos, enquanto os *cortejadores* – com modos, aliás, decentes – se sentavam à turca no tapete, cantavam e pediam às mulheres que dançassem, tocando para elas canções orientais ao violão acompanhado de castanholas e pandeiro. Minha mãe e Kyra, vestidas de seda e devoradas pelo prazer, executavam a dança do lenço, rodavam, rodopiavam, embriagavam-se. Então, com o rosto inflamado pelo calor, jogavam-se sobre almofadões, escondiam as pernas e os pés debaixo do vestido comprido e se abanavam. Bebiam-se licores finos e queimavam-se ervas aromáticas. Os homens eram jovens e bonitos. Sempre morenos, pretos; vestiam-se com elegância, tinham bigodes pontudos, barba muito bem cuidada; e os cabelos, lisos ou ondulados, exalavam um cheiro forte de óleo de amêndoas com essência de almíscar. Eram turcos, gregos e também, raramente, romenos, porque a nacionalidade não desempenhava papel nenhum, desde que os apaixonados fossem jovens e bonitos, delicados, discretos e não apressados demais.

Minha situação era muito ingrata... A ninguém contei, até agora, o que foi meu suplício então.

Meu dever era vigiar, sentado no parapeito da janela, e evitar qualquer surpresa. Aquilo me agradava bastante, porque eu odiava mortalmente os homens de *Karakioi* que nos surravam. Mas em meu peito se dava uma luta terrível entre o dever e o ciúme.

Eu tinha ciúme, um ciúme feroz.

A casa ficava no fundo de um pátio amplo, cercado de muros. Havia duas janelas que davam para esse pátio, e outras janelas, nos fundos, alçadas sobre a margem da esplanada que dominava o porto. Só era possível entrar na casa pela única porta da frente; mas fugir de lá, acreditem, era menos difícil; e, se o talude da esplanada pudesse falar, quantos seres não diria ter visto desabar por sua encosta!

Aferrado à janela, eu mantinha os olhos fixos na lanterna que ficava acesa a noite inteira, suspensa sobre a porta, e os ouvidos prontos para ouvir o ruído das dobradiças enferrujadas.

Mas também queria dar uma olhada na festa de lá de dentro. Minha mãe e Kyra eram lindas, de enlouquecer qualquer um no corpete apertado como se a cintura fosse passar por um anel, com os seios torneados como dois melões, a basta cabeleira solta, descendo pelas costas e pelos ombros nus, a fronte cingida por uma fita vermelho-escarlate e os longos cílios pestanejando diabolicamente, como para atiçar as labaredas de seus olhos abrasados pelo desejo.

Com frequência, na competição para agradar às mulheres, com uma tagarelice insana, os convidados se tornavam ridículos. Foi assim que uma noite um deles, querendo elogiar minha mãe, disse que "galinha velha é que faz boa canja". A pobre mulher, ofendida, arremessou-lhe o leque na cabeça e chorou. Outro convidado levantou-se furioso, deu uma *tifla*[25] no desastrado e escarrou na cara dele. Atracaram-se pelo colarinho, puseram a casa de cabeça para baixo, derrubaram os narguilés. Aquilo nos fez chorar de rir. Para fazer as pazes, minha mãe os abraçou.

Mas para ela aqueles abraços, aqueles beijos eram uma boa maneira de recompensar coisas bastante diversas. Por uma bela voz, uma palavra divertida, uma música bem tocada, ela distribuía beijos; e fazia o mesmo quando era necessário alegrar um amuado, dissipar a impressão de uma palavra ofensiva, acalmar a fúria de um ciumento, recompensar a perplexidade de um tolo.

Já Kyra sobressaía à sua maneira. Muito desenvolvida fisicamente desde os 14 anos, parecia ser dois anos mais velha. Desajuizada e maliciosa, com um narizinho arrebitado, queixo saliente e duas covinhas no rosto, em que o deus do Amor havia plantado duas pintas quase simétricas, Kyra descontentava os apaixonados e a mim com suas travessuras, zombarias e brincadeiras. Os primeiros desejavam obter mais; e eu achava que ela dava demais.

Chamávamos *musafirs*[26] os cortejadores que vinham a nossa casa. E esses *musafirs* beijavam-lhe as mãos e as sandálias a qualquer pretexto. Ela lhes puxava o nariz ou a barba, despejava refresco na brasa que ardia sobre o *tumbaki*[27] de seus narguilés, oferecia-lhes bebida em seu copo e o quebrava para contrariá-los, mas voltava um

---

25 Gesto com o braço, conhecido apenas no Oriente, muito ofensivo, que consiste em lançar contra o rosto de alguém a mão com os dedos separados. [N. A.]
26 Em romeno: convidado, visitante. [N. A.]
27 Tabaco. [N. E.]

minuto depois para pôr a ponta dos cabelos sobre os lábios do homem que acabara de magoar...

Tudo aquilo me enfurecia, porque eu amava Kyra bem mais do que minha mãe. Eu a adorava e não suportava nenhuma carícia que viesse de alguém que não fosse eu.

Lembro que uma noite, para cúmulo do meu ciúme, com o nó da sandália desfeito durante a dança, ela foi pousar o pé sobre o joelho de um *mussafir* e pediu-lhe que o atasse. Vocês já imaginaram que prêmio para aquele sortudo! Ele cumpriu a tarefa prolongando tanto quanto possível o prazer, enquanto eu arregalava uns olhos de lobo; então, o descarado se pôs a apalpar o tornozelo e até a panturrilha. E ela... pois bem, ela não dizia nada, cedia à vontade dele! Então, furioso, perdendo a cabeça, eu gritei:

– O pai! Fujam!

Num piscar de olhos, os dois *mussafirs* pularam as janelas e desapareceram na escuridão, rolando pela encosta do talude. Um deles, um grego, na pressa, esqueceu o fez e o violão, que minha mãe pegou e atirou pela janela, enquanto Kyra escondia rapidamente os dois narguilés sobressalentes.

Aquela cena foi tão engraçada que eu, depois da raiva, tive um ataque de riso, caí do vão da janela, rolei pelo tapete e fiquei roxo de falta de ar. Minha mãe pensou que eu estivesse realmente louco de medo pela chegada do pai; os gritos apavorados das pobres mulheres vararam o ar e elas, esquecidas do pai, do diabo, lançaram-se sobre mim desesperadas.

– Não há pai nenhum! – pude enfim responder. – Mas eu fiquei irritado porque Kyra deixou que apalpassem sua perna!... E me vinguei!... Só isso!...

A alegria as fez gritar bem mais alto então. Deram fortes palmadas em minhas nádegas, me beijaram e nos pusemos a saltar pelo quarto, contentes por estarmos quites, elas com o susto, eu com o pequeno corretivo acompanhado por carícias.

Dessa maneira transcorreram mais dois ou três anos, os únicos da minha infância cuja lembrança continua clara. Eu tinha cerca de 11 anos; Kyra, mais ou menos 15; e eu era inseparável dela. Uma volúpia – como julguei mais tarde – me mantinha ligado a ela. Eu a seguia por toda parte qual um cachorro; eu a espiava enquanto fazia sua toalete, beijava as roupas impregnadas com seu perfume; e a pobre menina defendia-se debilmente, carinhosamente, crendo-me inocente, nada perigoso. Para dizer a verdade, eu não tinha nenhuma intenção precisa, não sabia o que queria, morria de prazer e ficava inebriado perto dela.

É preciso dizer também que, na casa de minha mãe, se vivia no inferno do amor. Tudo era amor: as duas mulheres, tanto quanto seus amantes, as toaletes, os licores, os perfumes, os cantos e as danças. Mesmo a fuga grotesca e dramática dos amantes me parecia voluptuosa e apaixonada. Apenas a chegada do pai e nossa surra eram desagradáveis e sem amor. Mas as aceitávamos como uma expiação, expiação pelo prazer. Minha mãe dizia:

– Toda felicidade tem seu revés; até a vida nós pagamos com a morte. É por isso que devemos vivê-la. Vivam a vida, meus filhos, de acordo com suas preferências, de modo que não se arrependam de nada no dia do Juízo Final.

Com tal "filosofia" como guia, pode-se imaginar a pressa, minha e de Kyra, em seguir o exemplo da mãe. Com a fortuna pessoal nas mãos dos irmãos, contrabandistas de artigos orientais, ela pagava por todo o prazer que seu capricho exigia, fazia-se cortejar, trocava de amantes, mais ou menos satisfeitos, como trocava de vestido, deixava-se moer de pancadas pelo pai, defendendo o melhor que podia o rosto, e passava prontamente a uma nova distração.

Tinha até certa virtude: quando se sabia demasiado culpada e temia que a fúria do marido se derramasse também sobre nós, mantinha a porta trancada até que tivéssemos pulado a janela, depois abria corajosamente e recebia sozinha toda a soma dos golpes.

Na volta, algumas horas depois, nós a encontrávamos deitada no sofá, com o rosto coberto de miolo de pão branco embebido em vinho tinto, para drenar inchaço e hematomas. Levantava-se e ria como louca e, com o espelho na mão, dizia, mostrando-nos o rosto machucado:

– Não foi lá grande coisa, foi? Mais dois dias e não vai sobrar nem sinal. E então convidamos *mussafirs*! Danem-se as pancadas!

Ficávamos preocupados com seu corpo. Ela exclamava:

– Ah! O corpo! O corpo não aparece!

E, curados os machucados, as festas recomeçavam com mais entusiasmo.

Não cozinhávamos nada na casa porque a mãe sentia náuseas com o cheiro de cebola assada. Ela pagava uma *locanda*[28] vizinha, que nos enviava todo o necessário: sopas, manjares, bolos, cremes, em vasilhas de cobre estanhado, fornecidas por minha mãe. Uma lavadeira vinha nas manhãs de segunda-feira apanhar a roupa suja da semana e deixar a que trazia limpa. Somando-se o velho mercador turco de pomadas e medicamentos, essas eram todas as pessoas que eu via entrar em casa – afora os *mussafirs*, naturalmente, que nem sempre tinham certeza de que sairiam por onde tinham entrado; afora, também, meu pai e meu irmão mais velho, que eram "*mussafirs* não convidados" e nos faziam visitas bem desagradáveis. Como

28 Espécie de pensão. [N. A.]

fazia mais ou menos dois anos que o pai não dormia na casa de mamãe e só vinha três ou quatro vezes por mês para nos surrar, a casa era tranquila.

Isentas de preocupações domésticas, as duas mulheres passavam o tempo descansando, banhando-se, fazendo a toalete, empanturrando-se, bebericando, fumando narguilé e recebendo “cortejadores”. Também não se esqueciam das orações, mas nunca iam à igreja; e o tempo sacrificado ao bom Deus era bem curto. Minha mãe justificava-se dizendo:

– Nosso Senhor vê muito bem que não o contradigo: continuo sendo como Ele me fez. Escuto, submissa, os gritos e as ordens do meu coração.

Kyra objetava:

– Mas, mamãe, você não acha que o diabo se mete nisso às vezes?

– Não – respondia ela –, não acredito no diabo; Deus é mais forte que ele. E, se nós somos como somos, é porque Deus quer.

E, por certo, mamãe estava contente com aquilo que seu Deus desejava que ela fizesse, porque Ele não queria nada penoso.

Ele queria, primeiramente, que mãe e filha ficassem na cama de manhã até a hora que lhes aprouvesse – lugar cômodo para petiscar torradas com manteiga e mel e tomar café. Ele lhes ordenava que em seguida se banhassem e besuntassem o corpo com elixir de benjoim; expusessem o rosto a fumigações de leite fervido em fogo baixo; passassem óleo de amêndoas perfumado com almíscar nos cabelos para torná-los luzidios e, nas unhas, um pincel molhado em bálsamo de anilina de acaju para torná-las brilhantes. Depois era todo um exercício de destreza com a toalete dos cílios, das sobrancelhas, dos lábios e das faces. E, quando tudo aquilo estava pronto, ainda era preciso almoçar, fumar e fazer a sesta; levantar-se, por volta do horário em que o sol entra na *kindié*[29], queimar ervas aromáticas, tomar refrescos e, por fim, dar início ao grande número do dia: os cantos, as danças, a festa que durava até meia-noite.

Minha mãe era bem mais rica do que meu pai, e, apesar dos gastos excessivos, sua fortuna, investida nos empreendimentos pouco claros dos irmãos, rendia-lhe receitas tão elevadas que lhe sobrava com o que capitalizar todo mês (e sempre com os irmãos) o dinheiro destinado a Kyra e a mim.

Não conheço muito bem a história de minha mãe. Lembro-me, no entanto, de tê-la ouvido contar que seus pais eram ricos donos de estalagens. Seu pai, turco bondoso e devoto, fora enviado de Istambul pelo firmão da Sublime Porta para abrir uma estalagem em *Ibraila*, em fins do século XVII; a missão que lhe foi confiada era receber e hospedar todos os figurões que o sultão enviava para o seu paxalato. Ele tinha três mulheres: duas gregas e uma romena; esta era a mãe de minha mãe; as outras duas eram mães de três rapazes, um dos quais enlouqueceu e se enforcou. Mas minha mãe e seus dois meios-irmãos só entravam de acordo na casa paterna para anarquizá-la. Ao que parece, não se fazia nada de mais interessante naquela casa além de acumular dinheiro e rezar a dois deuses em três línguas diferentes.

Os dois rapazes lançaram-se no contrabando, e minha mãe, ainda muito jovem, estava disposta a segui-los, quando o bravo turco se decidiu prontamente a casá-la com um homem severo e sem coração, meu pai, que se enrabichou por ela "provavelmente" – dizia minha mãe – "num momento em que Nosso Senhor estava esgaravatando

29 Poente, em turco. [N. E.]

o nariz". Meu avô deu muito ouro a meu pai e legou grande parte de sua fortuna à minha mãe, com o direito de administrá-la como bem entendesse, mas com a condição de continuar casada. Assim, presa ao homem que detestava, ela soube se curvar à vontade do turco, por temor de ser deserdada, fez-se de santa, ganhou a confiança dele depois de muitos anos de fidelidade penosa e, quando ele morreu, conseguiu arrancar-lhe a fortuna que lhe fora destinada e a pôs nas mãos dos dois irmãos, que a adoravam.

Então começou a vida de festas, prazeres e amores loucos que eu tinha diante dos olhos, e que meu pai já não podia impedir, apesar de toda a sua brutalidade. Minha mãe lhe daria de bom grado todo o seu dote se ele estivesse disposto a conceder-lhe a liberdade, mas ele fazia questão de limpar a desonra. No dia em que se separaram, levando tudo o que lhe pertencia, ele disse à mamãe, apontando para Kyra e para mim:

– Essas duas serpentes eu deixo com você; não são meus filhos, são iguaizinhos à mãe!

– Gostaria que fossem como o pai? – respondera ela. – O senhor é um homem seco, um morto que impede os vivos de viver. O que me pasma é que sua secura possa ter feito germinar aquele outro rebento seco, que é seu filho, mas não meu.

E a pobre mãe tinha razão ao dizer que aquele morto nos impedia de viver. E impedia cada vez mais. Sabendo que minha mãe se apegava ao rosto tanto quanto à vida, ele batia sobretudo nesse centro de sua vida; e, nos últimos tempos, a infeliz tinha de cuidar-se de oito a dez dias até que as equimoses e os ferimentos desaparecessem. Durante esse período, estava absolutamente fora de questão divertir-se ou receber *mussafirs*. Aquilo a enchia de melancolia, ela deixou de nos acarinhar como antes; e, pela primeira vez, eu a vi chorar de desespero.

Mas esse desespero a fazia desforrar-se com raiva dez vezes maior, para deixar o tirano furioso; e ela foi tão bem-sucedida que a fúria dele foi fatal para nós.

Uma noite, a casa estava cheia de *mussafirs*. Eram no mínimo sete. Minha mãe mandara afixar quatro candelabros nas paredes, sem falar do grande lustre do teto. Eu contei as velas: havia 24. A luz era ofuscante. No mesmo dia, ela tinha chamado um serralheiro e mandado colocar uma grande tranca na porta maciça do pátio que só se fechava à chave. Assim segura, ela se entregou à alegria mais desbragada que já vi. Creio ainda hoje que ela tinha pressentido o fim de sua vida feliz e queria viver intensamente.

Dos sete convidados, três eram músicos gregos renomados nas festas daquele tempo. Ao dar início ao baile, mamãe ofereceu a cada um uma pequena bolsa de couro contendo 10 ducados e 12 francos envoltos num lenço de seda bordado, e lhes disse:

– *Palicarias*[30]! Nessas bolsas há cinco vezes mais do que o que lhes é devido para tocarem a noite toda! Não lhes ofereço isso apenas por generosidade. Nesta casa, a alegria se paga caro, e pode ser que vocês sejam obrigados a sair por estas janelas: vocês têm pernas ágeis?

E abriu as janelas que encimavam o talude. Os *palicarias* se debruçaram, inspecionaram, balançaram as bolsas para avaliar o peso do ouro e aceitaram com um cortês: *Evallah*!.

A música, o canto e a dança começaram.

Os três instrumentos – clarinete, pífano e violão – eram manejados habilmente. Kyra e mamãe, indolentes no sofá, uma ao lado da outra, ouviam com deleite o canto queixoso e depois tumultuoso dos *doinas* romenos, os lânguidos

30 Em grego: valentes. [N. A.]

manieb turcos e as pastorais gregas, acompanhadas pelas palmas e pelas vozes viris dos quatro *mussafirs*.

Após cada número tocado ou cantado, mamãe servia licores, café e narguilés. Duas grandes *tavas*[31] com *cadaif* e *sarailié* exibiam-se, apetitosas, diante dos olhos dos *gourmets*.

Como eu não estava de sentinela naquela noite, dancei com minha irmã, minha mãe, sozinho, com as duas, até ficar zonzo. A dança era a maior paixão de minha curta infância na casa: aquela que me fizera obter as carícias mais loucas de Kyra. A dança do ventre árabe, que executei sozinho, foi tão cheia de movimentos na noite daquela última festa que os três músicos, conhecedores, me cumprimentaram e beijaram efusivamente. Kyra não cabia em si de entusiasmo. Mamãe exclamou:

– Pois sim! Esse é meu filho; não há dúvida!

Durante uma pausa, enquanto todos os homens, sentados no tapete, com as pernas cruzadas à turca, fumavam ruidosamente seus narguilés, Kyra perguntou o que tinha acontecido com um de seus adoradores mais assíduos.

– Ele torceu o tornozelo, despencando pelo talude, na noite da última reunião! – respondeu o conviva.

E, em meio à gargalhada geral, ele explicou a raiva que o sujeito estava sentindo naquele momento, preso à cama, em companhia de um massagista. Aquilo deixou preocupado o violonista, que era atarracado e bronco. Ele foi à janela e calculou a distância a olho. Um *mussafir* acalmou-o, informando:

– Não é muito alto! Dois metros no máximo. Só não se deve pular muito adiante, mas se deixar deslizar suavemente e se manter firme na ladeira. Na base do talude, você encontrará seu fez e seu violão!

---

31 Bandeja de bolos. [N. A.]

Todos riram, e a dança recomeçou.

Esse acontecimento ocorreu por volta do mês de junho, pouco antes da colheita.

Do lado do pátio, as janelas estavam cobertas por cortinas pesadas, enquanto as que davam para o Danúbio só tinham meias cortinas. E estávamos todos cansados quando, naquela manhã, a alvorada lançou sua alvura dourada sobre as vidraças. Bocejávamos. A atmosfera estava empesteada da fumaça dos narguilés, apesar dos aromatizantes queimados.

Minha mãe foi a uma janela, abriu e inspirou profundamente o ar fresco. Ao lado dela, Kyra e eu olhávamos a aurora já clareando os pântanos e a floresta de salgueiros. Depois, voltando-se para seus convivas:

– Pois bem, meus amigos, a festa acabou! Vamos dormir – disse minha mãe.

Naquele momento, o som de um corpo caindo pesadamente no pátio nos fez estremecer, e, pouco depois, ouviu-se o rangido da tranca e da porta principal. Minha mãe gritou:

– Fujam! Eles pularam o muro!

E, enquanto pai e filho batiam à porta, os convidados se jogavam pelas duas janelas, esquecendo todas as precauções, como se do lado de fora os esperassem colchões de lã. Os músicos foram os primeiros a escafeder--se, e os seguintes lhes davam empurrões no traseiro, apesar do conselho de não saltar para muito longe. Em alguns segundos, a casa estava vazia, e os *mussafirs*, uns sobre os outros, rolavam pelo talude arenoso; mas, quanto a esconder os vestígios da festa, nada foi feito.

E então, corajosamente, mamãe foi abrir. Na mesma hora foi agarrada pelos cabelos e jogada no chão; o irmão fez o mesmo com Kyra; e eu, transtornado ao ver minha irmã chutada com tanta crueldade, apanhei um narguilé e desferi um golpe na cabeça de meu irmão mais velho. Ele soltou Kyra, levou a mão à cabeça, que sangrava, e atirou-se sobre mim. Ele tinha cerca de 20 anos e era muito forte. Apanhei até ele se sentir satisfeito e o sangue me escorrer do nariz e da boca.

Durante esse tempo, minha mãe era literalmente abatida a pancadas. Com as roupas em farrapos, o corpo quase nu, desmaiada, o pai ainda batia nela. O irmão foi lavar a cabeça ensanguentada, e Kyra correu para um espelho, de onde voltou com um punhal na mão; mas ficamos petrificados diante do horror que se oferecia a nossos olhos: o pai havia pegado um tamanco com salto de madeira – perdido na fuga por algum *mussafir* – e, com o salto, batia no rosto da pobre mãe, que mal mexia os braços. Seu rosto, banhado de sangue, era uma chaga.

Kyra avançou para acertar as costas do bárbaro, vacilou e desmaiou. O pai levantou-a, jogou-a em um grande armário, que chamamos de *iatak*, e fechou a tranca. Quanto a mim, deixou-me sob a guarda do irmão, que, com um grande lenço, estancava o sangue da cabeça; depois colocou mamãe sobre os ombros e saiu para o pátio, de onde, alguns minutos depois, ouvi o alçapão pesado do porão fechar-se sonoramente sobre a infeliz e encerrá-la como numa tumba. Ao voltar, atirou-se sobre mim com os punhos cerrados e uns olhos arregalados que me fizeram acreditar que minha última hora havia soado. Mas não me tocou e disse:

– É assim, é? Você racha a cabeça de seu irmão mais velho e a *patchaura* de sua irmã queria me assassinar! Pois bem, agora acabou para todos vocês!

Apagaram as velas e levaram-me. Ao passar pelo pátio, dei uma olhada no alçapão: um cadeado grande, prendendo duas argolas de ferro, tornava impossível qualquer fuga; e eu chorava, pensando que minha pobre mãe, ferida, contundida, viva ainda, permanecia sepultada naquela tumba horrível, enquanto Kyra, no armário, sufocava de desespero.

Lá fora, já era dia. Carvoeiros turcos, com a albarda nas costas e uma vara pontiaguda debaixo do braço, iam em direção ao porto, para o trabalho. E eu, para onde ia?

Chegamos à casa do pai e logo fui posto para girar o rebolo, no qual os aprendizes afiavam machados, tesouras e goivas cegas. Ao meu redor, desordenados, jaziam troncos de carvalho, tília e choupo, assim como peças de carroças desmontadas: rodas, aros, raios de roda, timões, jantes, tudo engolido sob pilhas de serragem.

Não me deram nada para comer até o meio-dia. Desacostumado ao trabalho, caí de fraqueza. O irmão me chicoteou, e a velha criada trouxe-me, como único alimento, pão, azeitonas e água.

O mais triste, porém, foi quando percebi que estava sob a vigilância de todos e que não havia maneira de escapar. À tarde, continuava girando o rebolo, e, quando não aguentava mais, o irmão passava e chutava-me nas pernas. Ele e o pai, vestindo avental de couro, assim como todos os operários, trabalhavam, iam e vinham, sérios, taciturnos, o cenho franzido, em meio a uma tristeza na qual só se ouvia o ruído das ferramentas e explicações ou ordens breves.

À noite, fecharam-me num quarto de janelas gradeadas. Lá, sobre uma esteira de palha esticada no chão e sem luz, passei toda a noite chorando e pensando nas queridas criaturas que eram ainda mais infelizes que eu.

No dia seguinte, a jornada foi semelhante à primeira. Eu me perguntava com angústia se a barbárie do pai chegaria a ponto de condenar ao abandono as duas mulheres aprisionadas, feridas e doentes. Quando a noite chegou, decidi chorar menos e tratar de fugir a qualquer custo.

Eu tinha percebido que, no pátio, havia escadas de todos os tamanhos e, em meu reduto, pilhas de raios de roda talhados grosseiramente: era de fato a liberdade. A criada trouxe o jantar, pão e queijo, e disse maldosamente:

– Aqui não é tão bom como em casa, hem? É que, veja você, a vida não é feita só de prazeres: também é feita de dores. He, he!

E me trancou. Dormi imediatamente. Quando acordei, ainda era madrugada. Fiquei acordado e chorei, lembrando-me do rosto ensanguentado de minha mãe. Depois os galos começaram a cantar, e eu vi o despontar da aurora. A casa estava mergulhada no sono. Rapidamente, abri a janela e, com um raio de roda, afastei ligeiramente as duas barras que não eram tão grossas.

No pátio, havia um machado fincado num tronco. Eu o arranquei, carreguei uma escadinha debaixo do braço e subi em outra para escalar o muro; chegando lá fora, saí correndo com todas as forças pelo caminho do porto.

Acabava de raiar o dia quando cheguei ao pé do talude acima do qual nossa casa dormia o sono do desespero. E, pela primeira vez, comecei a subir aquela ladeira que eu só tinha percorrido despencando.

Chegando ao alto, apoiei a escada, com o coração disparado, e golpeei o vidro da janela, que se espatifou. Então, depois de um instante de forte emoção, ouvi a voz meiga de Kyra, gritando do armário:

– É você, Dragomir?

Ao ouvir o chamado da cara irmãzinha, prisioneira naquele *iatak*, estremeci e gritei:

– Sou eu! Venho soltá-la!

E, pela brecha, atirei-me para o interior da casa e puxei a tranca. Kyra, muito pálida, com o rosto inchado de tanto chorar, enlaçou meu pescoço e perguntou avidamente:

– E a mamãe? Onde está a mamãe?

– Está trancada no porão, temos de tirá-la de lá e fugir!

A porta da casa estava trancada à chave. Abri uma janela e pulei para o pátio. Com golpes de machado, rachei os aros de ferro e desci a escada, seguido por Kyra. Um cheiro de mofo, chucrute e legumes podres nos feriu o olfato, porque fazia dois ou três anos que ninguém ia ao porão. Algumas tartarugas se moviam lentamente, e seus ovos, um pouco maiores do que ovos de pássaros, alinhavam-se ao longo das paredes. No meio daquela miséria minha mãe vivera as últimas 48 horas.

Quando a encontramos, ela estava de pé, com a cabeça enrolada nos retalhos de suas roupas, que já não existiam, pois não passavam de andrajos. Nós a ajudamos a subir as escadas viscosas; e do lado de fora, diante do espetáculo que restava da nossa resplandecente mãe, caímos aos seus pés como diante de um mártir. Um dos olhos estava escondido sob a bandagem, mas era possível julgar seu estado pelo resto do rosto inchado: nariz quebrado, lábios cortados, pescoço e peito cobertos de sangue coagulado. As mãos também estavam ensanguentadas, e um dedo, esmagado.

Ela levantou-nos e disse com a voz abafada:

– Vamos fugir em primeiro lugar!... E levem com vocês um pouco de comida.

Voltamos ao quarto, onde elas se lavaram e se vestiram sobriamente, às pressas; minha mãe levou seu estojo de joias e descemos lentamente a ladeira do talude, depois de jogarmos a escada dentro da casa e fecharmos a janela pela qual tantos *mussafirs* tinham fugido. Estava escrito que, por último, a própria dona da casa deveria passar por ela...

Uma hora depois, estávamos à beira da estrada de Cazassou, completamente perdidos nos trigais. Diante dos dois outeiros que naquele tempo se chamavam *tabié*[32], minha mãe fez uma pausa. Lá, sentada entre as duas *tabié*

32 Reduto. [N. A.]

que nos escondiam do lado da estrada, nossa mãe nos falou mais ou menos assim:

– Meus filhos, eu esperava muita maldade da parte do pai de vocês, mas não esperava ser desfigurada sem ser morta ao mesmo tempo, porque saibam que meu olho esquerdo quase saltou da órbita. Para mim, isso é pior que a morte. Fui feita por Nosso Senhor para os prazeres da carne, assim como Ele fez a toupeira para viver longe da luz; e, tal como esse animal que tem tudo de que precisa para viver debaixo da terra, eu tinha tudo de que precisava para gozar da vida de prazeres. Eu tinha feito a promessa de me matar, se a força dos homens quisesse me submeter a outra vida que não a que eu sentia em meu corpo. Hoje, penso nessa promessa. Aqui nos separamos. Vou me tratar longe da nossa casa. Se eu conseguir salvar esse olho e apagar todos os vestígios de fealdade, viverei, e vocês me reverão. Se meu olho estiver perdido, vocês não voltarão a me ver. E o que tenho para lhes dizer é o seguinte: você, Kyra, se – como acredito – não se sentir inclinada a viver na virtude, na virtude que vem de Deus e que se pratica com alegria, não seja virtuosa, forçada e seca, não faça pouco-caso de Nosso Senhor e seja como ele a fez: seja hedonista, seja até libertina, mas uma libertina a quem não falte coração! É melhor assim. E você, Dragomir, se não puder ser um homem virtuoso, seja como sua irmã e sua mãe, seja até ladrão, mas um ladrão que tenha coração, porque o homem sem coração, meus filhos, é um morto que impede os vivos de viver, é o pai de vocês.

"Agora, fiquem neste lugar onde estamos até a hora em que o sol descer e ficar três lanças acima do horizonte. Se chover ou relampejar, não se abriguem sob as árvores, escondam-se no buraco que estão vendo nesse outeiro. Pouco depois do entardecer, dois homens virão a cavalo buscá-los e levá-los sob sua proteção; são meus irmãos, dois homens de coração e de palavra. Eu não poderia levá-los até a casa deles, para onde vou agora, porque vocês ainda são crianças; poderiam denunciá-los sem querer. E, caso eles não cheguem até a hora da *kindié*, vão até a cidade e peçam, em meu nome, hospedagem na *locanda* que pago; mas não saiam do quarto enquanto meus irmãos não forem buscá-los! Ainda tenho uma coisa para recomendar: nosso corpo está sujeito a doenças pavorosas. Pela graça de Deus, nem eu nem vocês conhecemos esse sofrimento, mas ele existe, e são inúmeros os atingidos por ele. Pensem nessas pessoas nos momentos felizes e reservem, todos os anos, uma parte do dinheiro que tiverem para a casa onde essas doenças são tratadas! Eu lhes deixo bastante dinheiro na casa de meus irmãos."

Ao dizer isso, tirou dois anéis do estojo, embrulhou-os num lenço de seda e os escondeu junto ao seio de Kyra, beijou-nos longamente e partiu, totalmente envolta em sua capa com capuz.

Depois de dar cerca de trinta passos, virou-se para nós e colou as mãos nos lábios; em seguida, erguendo o braço, apontou para a abóbada celeste, deu-nos as costas e desapareceu.

– O que quer dizer isso? – perguntei a Kyra.

– Quer dizer, meu caro irmão, que nos reencontraremos no céu – respondeu-me ela.

Eu não voltei a ver minha mãe...

Sozinhos, esquecemos que estávamos famintos e choramos, enlaçados, até que o esgotamento e o calor do sol nos mergulhassem num sono caridoso. Quando acordamos, tivemos a impressão de que já não pertencíamos a este mundo, de que alguma coisa medonha acabara de acontecer; e não sabíamos se estávamos vivendo um pesadelo ou se a nossa vida até aquele momento havia sido um sonho. Diante de nós, um campo de colza nos enviava seu perfume sob o sopro leve de um zéfiro sufocante; e borboletas, libélulas, vespas nos importunavam sem parar com sua alegria não compartilhada.

O entardecer chegara. O sol, descendo em direção ao horizonte, ia perdendo o fulgor. Ficamos preocupados, e nossos olhares começaram a escrutar o caminho solitário por onde a mãe havia desaparecido; subimos numa *tabié* e vimos uma nuvem de poeira desenhar-se ao longe na estrada de Cazassou. Depois de alguns minutos, dois cavaleiros surgiram galopando e deixando para trás um rastro de poeira. Tive medo e desci, temendo ser calcado pelos cascos dos cavalos, cujas crepitações rítmicas chegavam aos meus ouvidos. Mas Kyra não me seguiu. De pé sobre o cume, com a saia leve esvoaçando, fazia sinal com o lenço e gritava de alegria com a chegada impetuosa de dois homens. Estes puxaram os cavalos pelas bridas, entrando no campo, tiraram-lhes os bocais e os deixaram pastando entre as duas *tabié* que os escondiam, do lado da estrada.

Kyra desceu rapidamente pela encosta, livrou-se do véu que lhe envolvia a cabeça e, com a bela cabeleira de ouro a lhe descer pelos ombros, lançou-se aos pés de nossos tios desconhecidos, que permaneciam diante de nós, altos e espadaúdos como dois carvalhos frondosos. Eram dois colossos do mesmo tamanho, parecendo ter entre 40 e 50 anos, um mais jovem que o outro; usavam turbante na cabeça raspada; barba e bigode escorridos escondiam-lhes a boca; seus grandes olhos tinham uma mirada penetrante, insuportável, mas clara e franca. Suas mãos peludas pareciam patas de ursos; eles eram negros como diabos em suas *ghebás*[33], que os envolviam do pescoço até abaixo dos joelhos.

33 Capas usadas pelos camponeses. [N. A.]

Ficaram um instante parados assim, olhando-nos; eu, de pé, acreditando encontrar-me diante de duas aparições de contos; Kyra aos pés deles. Depois eles tiraram a capa, e vi que se vestiam à turca: jaqueta sem mangas, calças folgadas, cinto largo de lã vermelha; o que mais me apavorou, porém, foi ver que estavam armados até os dentes, como verdadeiros *antartes*[34]: arcabuz de cano curto a tiracolo; pistolas e alfanjes enfiados no cinto.

Nesse momento a terrível paixão de Kyra explodiu como um trovão. Com uma única súplica àqueles dois homens poderosos, ela aniquilou uma família, tornando-se ela mesma vítima de sua paixão vingativa.

O mais velho dos homens ergueu Kyra e olhou-a nos olhos, segurando-a pelos ombros. Uma careta esboçada na floresta de pelos que lhe cobria o rosto fez-me adivinhar que ali debaixo haveria um sorriso. Um sorriso mais preciso foi desenhado por seus olhos. Ele disse em romeno, com voz metálica e grave.

– Mocinha! Diga-me em qual destas três línguas você se expressa melhor: turco, grego ou romeno?

– Romeno, *cruz de valente*![35] – respondeu ela corajosamente, encarando-o com uma audácia incrível.

– E como se chama?

– Kyra.

– Pois bem, Kyralina, eu a beijo como tio, mas feliz o mortal que morderá seus lábios como amante!

Beijou-a, passou-a para o irmão e disse:

– E você, bravo Dragomir, como parece assustado! – disse ele me beijando.

34 Salteadores gregos. [N. A.]

35 Tradução da expressão romena: *cruce de voinic*, pela qual se designa uma personalidade viril. [N. A.]

E acrescentou, depositando seu arcabuz sobre a capa:

– Por acaso está assustado com nossa barba?

Dizendo isso, jogou-se sobre a relva levando-me junto dele. Não ousei responder. Ele insistiu:

– Diga, Dragomir, será que você conhece o medo?

– Sim – respondi timidamente.

– Quem lhe dá medo?

– Suas armas, os senhores têm armas demais.

Ele soltou uma risada homérica:

– Ha! ha! ha! Meu bravo Dragomir! Nunca tem armas demais quem está de mal com Deus e com a justiça de suas criaturas! Mas ainda não entende isso na sua idade...

Naquele momento, Kyra caiu de joelhos, juntou as mãos como se rezasse e bradou:

– Pois eu entendo!

– E o que você entende, Kyra Kyralina, jovem caule de roseira?

– Eu entendo que os homens são maus e que você os castiga!

– Bravo, Kyralina! – gritou ele, batendo palmas.

– Por acaso o seu jovem coração nutre alguma vingança?

– Uma santa e justa vingança!

E, pronunciando essas palavras, ela levantou o pesado arcabuz que descansava sobre a capa, beijou-o e bradou:

– Descarregue isto, o mais tardar esta noite, no peito de meu pai! E seu irmão fará a mesma justiça com meu irmão mais velho! Façam isso, eu imploro, em nome de nossa mãe que nos deixou! Vinguem dois órfãos, e me tornarei sua escrava! Os senhores me levarão com vocês!

O tio tomou-lhe a arma das mãos, tornou-se sombrio e disse:

– Kyra, Deus enganou-se ao fazê-la mulher! Quando falou de vingança, pensei que quisesse mandar dar umas bordoadas em apaixonados que a tivessem beijado à força.

Mas você fala de coisas que já temos em mente: está pondo lenha na fogueira.

E depois de breve pausa:

– Diga-me, mocinha infernal, você não sentiria um medo mortal se visse, esta noite, a cabeça de seu pai sendo espatifada?

Com os olhos arregalados e vermelha como fogo, ela respondeu:

– Mergulharia as mãos no sangue dele e lavaria o meu rosto!

O tio franziu as sobrancelhas e mergulhou o olhar no braseiro do sol poente, como se prestasse atenção à lamentosa charamela longínqua de um pastor. Depois começou a falar em grego com o irmão, quebrando as palavras, para torná-las ainda mais incompreensíveis.

Ao nosso redor, os cavalos pastavam e espirravam, dóceis como duas ovelhas, enquanto a noite caía em torno das duas *tabié* que enegreciam.

Estávamos em silêncio... O frescor do ar deixou Kyra arrepiada; o tio, ainda conversando em voz baixa, apanhou as duas capas e envolveu-nos. Permanecemos assim até que só houvesse trevas. Então, os dois homens se levantaram. O mais velho disse à minha irmã:

– Pois bem, Kyra Kyralina, víbora de hálito doce, filha de libertina: que assim seja! Seu desejo pôs meu sangue a ferver. Vamos tentar esta noite. Para isso, você e seu irmão servirão de isca.

Kyra ajoelhou-se e beijou-lhe a mão. Fiz como ela, tomando a mão do outro homem, que me perguntou:

– Você também, Dragomir, exige vingança?

– Odeio meu pai e meu irmão – disse eu.

O mais velho montou em seu cavalo e ergueu Kyra, sentando-a de lado diante de si, enquanto o caçula me punha na garupa e me prendia a ele com uma correia. Saíram do campo devagar, mas, chegando à estrada, o primeiro esporeou a barriga do cavalo, que partiu a galope seguido pelo nosso, a vinte passos de distância.

Corremos assim o tempo de fumar um cigarro. Em seguida, chegando aos arredores da cidade, eles viraram à esquerda, pegando uma estrada que levava diretamente ao Danúbio; e um galope fantástico me fez acreditar, por alguns minutos, que estava sendo levado pelo diabo. Sob o admirável luar que prateava o caminho, a cabeleira de Kyra, escapando da capa, esvoaçava no ar como uma roca de fiar desenrolada.

Pouco depois, começamos a descer uma ladeira; quando a faixa cintilante do rio apareceu, os dois cavalos desaceleraram o galope desenfreado e, por fim, pararam bruscamente na orla de um pequeno bosque de salgueiros; estávamos num lugar chamado *Katagatz*, a uma hora a pé do porto e de nossa casa. Lá, sem descerem do cavalo, os dois homens aproximaram-se um do outro e trocaram algumas palavras que não entendi absolutamente; depois o mais velho levou dois dedos à boca, soltou um assobio longo e agudo e, após uma pequena pausa, dois outros muito curtos.

Passado um momento, um velho turco de longa barba branca surgiu por entre os salgueiros, aproximou-se, arrastando os passos, e fez uma *temené*[36] com os braços cruzados no peito.

Meus tios responderam em turco com um:

– Boa noite, Ibrahim.

Ele tomou os cavalos pelas rédeas, e nós o seguimos. Bem perto, do outro lado dos salgueiros, diante do Danúbio, encontrava-se uma choça desmoronada pelas inundações. Ele era pescador de lagostins e cultivava algumas

36 Salamaleque. [N. A.]

melancias. O terceiro emprego podem adivinhar facilmente. Ele amarrou os animais sob um abrigo de juncos e entrou em sua pocilga, onde o tio mais velho foi ter com ele, ficando pouquíssimo tempo; depois saiu sozinho, pegou Kyra no colo e partiu a passos largos. O irmão fez o mesmo comigo. E, carregando-nos assim como criancinhas, os dois homens dirigiram-se para o porto, margeando o rio. Seus pés afundavam no limo úmido. Galhos secos estalavam sob seus passos.

Quando chegamos ao pé do talude, nós o escalamos. A casa estava mergulhada na escuridão, e notamos que o vidro quebrado da janela estava tapado com tábuas pregadas. Nossos tios tentaram ouvir alguma coisa; depois afundaram as tábuas com coronhadas, e entramos na casa. O mais velho nos disse:

– Nós vamos para o pátio nos esconder no porão; ficaremos lá, se for preciso, até a manhã. Fechem a janela, acendam seis ou oito velas, comam alguma coisa e deitem-se vestidos no sofá, ouviram? No sofá e sem apagar a luz! Se eles chegarem e começarem a fazer perguntas, digam o que quiserem: eles não vão incomodar por muito tempo. Mas deixem abertas as cortinas das janelas do pátio! Isso é muito importante. E não se esqueçam de ficar no sofá.

Eles desapareceram pela janela.

Ah! As horas daquela noite! Mil anos eu poderia viver e, ao morrer, ainda me lembraria daqueles terríveis segundos...

Eu odiava meu pai impiedoso, assim como a criatura que se assemelhava a ele; desejava ardentemente que o diabo os levasse! Mas... desejar o desaparecimento de alguém é uma questão de ódio; já, para assistir à sua execução, é preciso ter... é preciso ter o quê? Sei lá! Eu gostaria de dizer que é preciso ter *crueldade*; mas Kyra não era cruel, disso tenho certeza.

Então?... Como é triste ser humano e compreender a vida menos que os animais! Por que a piedade ao lado do ódio?... E por que amamos?... E por que matamos?... Por que somos dominados por sentimentos que fazem mal aos outros e a nós mesmos?

Sozinhos, meu primeiro movimento, assim que as velas se acenderam, foi olhar nos olhos de Kyra; vi que ela continuava obstinada em seu desejo de assassinato. Aquilo para ela era uma festa. Estava em êxtase. Vestiu roupa decotada e maquiou-se, como para receber *mussafirs*, e não parava um minuto de cantarolar. Em sua face esquerda, havia um inchaço violeta do tamanho de uma noz.

– Beije aqui com força! – disse-me ela. – Esta noite, o fogo do arcabuz vai fazê-lo desaparecer!

– Kyra – disse eu, beijando o machucado –, não seria melhor chamar os tios e ir embora com eles?

– Não! – gritou ela. – Primeiro é preciso punir o assassino de nossa mãe! Depois vamos embora.

– Mas deve ser medonho de ver!

– Deve ser bonito! – berrou ela, abrindo os braços e beijando-me.

Os minutos se passaram, lentos, terríveis, como em um pesadelo. Eu acalentava a esperança de que o pai e o irmão não viessem naquela noite, nem nas seguintes, e que os tios, cansados, desistissem do projeto. Mas o que as *ursilele*[37] decidiram é mais forte que nosso desejo; e quem sabe se a vontade de Kyra não era a vontade delas?

Ela corria até o espelho para olhar-se e às janelas do pátio para escutar, beijava os cabelos, dançava com o véu e jogava-se sobre as almofadas rindo de maneira estranha. Depois, de repente, ficou pensativa, levantou-se, foi até um quarto vizinho e voltou com um pequeno punhal.

---

37 As três fadas que presidem ao nascimento. [N. A.]

– Está vendo isto? – disse-me ela com voz abafada. – Se você denunciar a presença dos tios, eu enterro isto em meu coração. E você ficará sozinho! Juro pela minha mãe!

Fiquei assustado. Aquela ideia não tinha me vindo à mente. Eu supliquei a Kyra:

– Ponha isso onde estava, Kyra! Juro pela minha mãe que não vou dizer nada.

Mas mesmo assim ela guardou o punhal no corpete.

Mal teve tempo de escondê-lo, e as dobradiças da porta emitiram um lamento queixoso que ressoou em meu coração como o grito de um moribundo. Kyra estremeceu, seus olhos chamejaram, e ela se jogou no sofá, à minha direita, sussurrando ao meu ouvido:

– Não devemos de modo algum olhar em direção às janelas do pátio! Nunca!

A chave rangeu na fechadura; e, gelado, petrificado ao lado de Kyra, vi o pai surgir seguido do primogênito, de cenho franzido, punhos cerrados...

Só teve tempo de nos perguntar, apontando para a janela aberta do lado do talude:

– Quem quebrou aquilo? Onde está a mãe de vocês?

Duas detonações quase simultâneas fulminaram os vidros, sacudiram a casa e encheram o aposento de uma fumaça densa que cheirava a trapo queimado e pólvora. Estreitado nos braços de Kyra, naquele segundo terrível, só consegui ver o irmão caindo de costas e o pai se jogando pela janela do talude; fechei os olhos, sufocado; mas logo os abri para ver meu irmão mais velho, no chão, com a cabeça espatifada como uma melancia que se atira contra a parede, e os dois tios, inclinados na janela por onde meu pai acabara de fugir, disparando quatro tiros no seu rastro.

Soltando-me, Kyra pulou para o meio do aposento e gritou:

– Vocês erraram o alvo! Vocês erraram o alvo! Só arrancaram a orelha esquerda!

Como resposta, eles apagaram as velas, e o mais novo saiu pelo pátio, enquanto o mais velho nos empurrava para o vestíbulo. Mandou-nos sentar num divã, e lá, na escuridão completa, nos disse:

– Vou beijá-los, Kyralina e Dragomir, quem sabe pela última vez… O pai de vocês é o terceiro homem que escapa à minha mira, e, se devo acreditar em minha *ursita*[38], minha morte deve vir da mão do terceiro inimigo que meu arcabuz não acertou numa noite de lua cheia. É claro que vou tratar de salvar minha pele, mas não se muda o destino… Escutem agora! O dono da hospedaria da qual sua mãe é mensalista virá buscá-los daqui a pouco. Na casa dele, vocês encontrarão dois quartos e o necessário; amanhã, ele voltará aqui para recolher seus pertences. Nesta casa, vocês não colocarão mais os pés, jamais!

– Vocês não vão nos levar? – perguntou Kyra com voz trêmula.

– Não, eu não tenho esse direito… Nossa vida é dura e vocês foram criados na vida mansa…

– Mas, então, nosso pai vai nos matar…

– Ele não vai matá-los. Aliás, daqui a pouco tempo ele estará novamente em nossa mira e então não escapará mais: de um jeito ou de outro, morrerá, porque somos dois, e ele está sozinho. Vivam então como mais lhes agradar e ajam como se nunca nos tivessem conhecido: só vão nos ver de novo depois que o *cachorro* desaparecer. Se, de tempos em tempos, quiserem saber se ainda estamos vivos, procurem o dono da hospedaria e digam meu nome: *Cosma*. Ele dirá o que sabe. Porém mais saberá Ibrahim, o pescador de lagostins de *Katagatz*, e, caso o ouçam gritando debaixo das

38 Destino, fatalidade. [N. E.]

janelas: “Lagostins frescos! Lagostins!”, desçam e sigam--no para fora da cidade: ele terá alguma novidade para vocês de nossa parte. Enfim, se as autoridades os interrogarem sobre o que aconteceu esta noite, digam tudo o que viram, mas não digam o que pensam, e não pensem nada!

Calou-se. Passos ressoaram no pátio: o dono da hospedaria entrou. O tio nos beijou e desapareceu. Partimos logo em seguida.

A hospedaria ficava a cinquenta passos de nossa casa e ocupava posição semelhante. Mas que diferença entre o conforto de nossos quartos e a simplicidade dos que nos foram destinados, apesar de serem os melhores! Choramos até secar nossas lágrimas. Felizmente, os quartos tinham a vantagem de dar para o Danúbio e de se comunicar entre si.

Diante da chama vacilante de uma única vela, diante daqueles móveis ordinários, daquele tapete pobre e puído, Kyra jogou-se vestida em sua cama e, percebendo a inutilidade de sua vingança, chorou mais do que eu.

Com medo de ficar sozinho em meu quarto, com os olhos cheios de visões de horror, apanhei um cobertor e me deitei no divã de minha irmã. Adormeci logo, alquebrado pelos três dias de tortura, deixando as velas acesas e Kyra aos soluços.

Na manhã seguinte, fiquei até contente quando os primeiros raios do sol penetraram no quarto, que me pareceu mais bonito. Mas a ideia de rever meu pai me pôs em pânico. Acordei Kyra, que dormia, e propus fugirmos. Ela pensava como eu. Com os olhos vermelhos e o rosto inchado, ela ficou na beirada da cama em estado de prostração. Achei que estava com remorsos e perguntei-lhe.

– Não – respondeu ela. – Estou desesperada porque o pai escapou... Se ele tivesse “partido” ao mesmo tempo que o filho, neste momento estaríamos em casa... Essa feiura me dá náuseas...

E lançou um olhar de desdém para o quarto. Saímos. Diante da porta, no frescor matinal, o dono da hospedaria fumava seu narguilé. Ele se levantou e nos fez uma reverência:

– Poderia perguntar por que saem tão cedo? – disse ele, muito respeitoso, em turco.

– Abu-Hassan, tememos a polícia e nosso pai – respondeu Kyra na mesma língua.

– Eu respondo por vocês, senhorita, desde que fiquem tranquilos em casa.

E, dando uma olhada para trás, acrescentou baixinho:

– É por isso que estão aqui.

Nunca soube o que aconteceu com aquele homem nem que negócio mantinha com a família da minha mãe; mas sei que de fato ninguém veio nos incomodar em sua casa; e o pai não apareceu mais. No entanto, como não acreditávamos em nada, afastamo-nos mesmo assim; e então começou aquela bela e triste vida, que durou um mês, cheia de sol e de errância.

Foi algo novo para nós, uma volúpia desconhecida, outra vida, dois passarinhos que escapavam da gaiola e experimentavam as asas, lançando-se ávidos na luz!

A hospedaria tinha uma saída nos fundos, muito suja, mas muito prática para nós, porque nos permitia ir e vir sem sermos vistos: era uma portinha que dava para uma escada tosca feita no talude, do lado do porto, e essa escada ficava bem abaixo de nossas janelas. Quando nos acostumamos com a infelicidade, dizíamos, rindo, que era melhor que em casa, porque o talude sob as janelas de mamãe não tinha escada.

Escapávamos de manhã bem cedo, depois do café, e voltávamos ao meio-dia. Serviam-nos as refeições no quarto. Passávamos a tarde fora também. Como a colheita acabara, Kyra gostava muito de recolher espigas de trigo, fazer os feixes e oferecê-los às pobres debulhadoras que se esfalfavam nos campos. Ou íamos correr pelas terras de pousio, onde pastavam milhares de ovelhas, cuja massa movediça se deslocava sem parar, deixando para trás o solo coberto de excrementos, assim como de grandes flocos de lã enroscados nos cardos. As velhas iam de um cardo ao outro recolhendo os flocos. Nós as imitávamos e lhes oferecíamos nosso feliz espólio.

Uma vez, estendemos nossas cabriolas até as duas *tabié* onde nossa mãe havia nos deixado e só então descobrimos que, na noite da partida com os tios, havíamos esquecido o pacote que continha nossos alimentos: cachorros errantes o haviam rasgado e devorado a comida, só restavam trapos.

Nossos olhos se encheram de lágrimas. A lembrança de nosso desastre mostrou-se muito mais triste porque já o estávamos esquecendo, e os momentos de dor infantil se alternavam sem transição com as horas de alegria extrema, que nos estufava o peito. Criados "na vida mansa", segundo a expressão de tio Cosma, flores de estufa que éramos, conhecíamos apenas os prazeres do quarto de mamãe: as danças, os cantos, o coquetismo e os banquetes. Aquilo era bonito. Mas descobríamos agora que havia um "lado de fora" e que esse lado de fora, cheio de luz e dos perfumes silvestres, era bem mais bonito: não sabíamos até então o que era correr atrás de uma borboleta, acariciar um gafanhoto, capturar zangões, ouvir os pássaros cantar em seu vasto império, o grilo invisível, ao anoitecer, misturar seu cricri ao lamento distante do pastor, a abelha sair recuando de uma flor, com as patas salpicadas de pólen. E, sobretudo, não tínhamos ideia da volúpia que o coração experimenta quando o corpo se banha nas carícias do vento que sopra pelos campos no verão.

Conhecemos tudo isso, e o sabor dos bolos foi esquecido; esquecidos a volúpia da dança, a fumaça dos narguilés e o odor dos aromatizantes. Esquecidos nossa mãe desfigurada e o desejo de vingança. A tez de Kyra amorenou-se em poucos dias; e nunca mulher mais bela correu pelos campos, com os olhos úmidos de amor, a cabeleira flutuando como um estandarte, as saias indiscretas levantadas, os seios voluptuosamente ofertados ao deus Sol!

Durante esse tempo, criou-se uma lenda nos arrabaldes: afirmava-se, com certeza, que quem matara o irmão e cortara a orelha esquerda do pai eram amantes! E chegava-se a citar os nomes de dois *mussafirs* que, por incrível coincidência, tinham embarcado para Istambul na mesma noite do drama. Entendemos que o pai guardava segredo sobre o assassinato e não prestara queixa.

Tranquilizados por sua indiferença a nós, retomamos os passeios com mais ânimo; mas logo Kyra se tornou menos assídua. É que, vejam só, nossos bons *mussafirs* se puseram a rondar a nova morada e a fazer serenatas sob as janelas, do lado do porto, onde eram raros os transeuntes. Incomodamente agarrados aos degraus da escada que desmoronavam o tempo todo, eles se tornavam cada noite mais numerosos; era hilariante ver aqueles homens ridiculamente amontoados na subida do talude, bradando, misturando o som de seus instrumentos numa cacofonia horrorosa, insultando-se como ladrões de feira e às vezes despencando pela encosta como sacos cheios.

Kyra e eu gostávamos de ver, da janela, aqueles doidos que, um por um, reivindicavam encontros: Abu-Hassan despejou sobre eles baldes de água fria, mas o amor é mais forte que a água, e eles continuaram a nos divertir. Para provocá-los, Kyra retomou suas toaletes e seus coquetismos; e dessa forma só eu saía para andar de manhã. Eu o fazia com ânimo, mas já não ia tão longe. O Danúbio me atraía com uma força irresistível. Eu já havia completado 11 anos e não conhecia o prazer de deslizar sobre um rio numa daquelas barcas onde os remadores cantam, langorosos, descendo a corrente.

Naquela época, o porto não tinha cais, e era possível avançar de dez a vinte passos até que a água chegasse ao peito. Para entrar numa barca, era preciso atravessar pequenas passarelas de madeira; os veleiros, ancorados ao longe, esfregavam o casco contra os pontões que continham uma parte da grande ponte feita de toras e tábuas. Um formigueiro de carregadores turcos, armênios e romenos, de saco nas costas, ia e vinha correndo sobre essas pontes, que vergavam sob o peso deles.

Comecei a contemplar de longe todo esse mundo; depois me misturei aos garotos de quatro ou cinco nações que moravam na cidade e passei a gostar de suas brincadeiras. Gostava sobretudo de vê-los se banhar, todos nus como diabinhos morenos. Queria até me banhar com eles, mas me assustei com o modo como se batiam na água, mergulhavam a cabeça uns dos outros até se asfixiarem; e um dia levaram para a margem um pequeno lipovano, loiro como eu, que tinha quase se afogado e já não respirava.

Então me afastei deles e comecei a contemplar os *barcagdis*[39] deitados em suas barcas, cochilando ao sol, fumando ou cantarolando; uma vez, pedi a um deles, em turco, que me levasse para passear um pouco de barco. Ele me respondeu que, para passear de barco, era preciso pagar algumas *paras*[40]; e eu não sabia o que era andar com dinheiro e pagar. Julgou-me tolo e explicou que ganhava a

39 Barqueiros. [N. E.]
40 Moeda otomana. [N. E.]

vida transportando pessoas sobre a água. Ao falar, olhava às vezes atrás de mim, piscando, e depois, notando minhas roupas limpas, exclamou:

– Ah! Essas crianças ricas!... Não sabem nem que é preciso dinheiro para viver!

Então me voltei e vi um velho turco, bonito e ricamente vestido, que, a alguma distância, apoiado em sua bengala nodosa de corniso, escutava nossa conversa. Com um aceno do dedo, ele me chamou e disse:

– Você é turco? Fala muito bem a língua.

– Não – disse eu. – Sou romeno.

Durante muito tempo me fez perguntas de um modo familiar e honesto; mas não respondi a todas. No entanto, ele me era simpático... Ah! Por que eu não pressenti a desgraça?...

Eu tinha diante de mim o ser odioso que destruiu minha vida e a de Kyra: *Nazim efêndi*, dono de veleiros e fornecedor de carnes para haréns, como tantos outros naquela época!

Comigo, o monstro foi tudo o que há de mais delicado: sério, calmo, sóbrio. Pedindo licença e dirigindo-se à sua chalupa, atapetada e acolchoada, me disse em tom indiferente:

– Se, por acaso, tiver vontade de passear pelo rio, sozinho ou com sua irmã, eu lhes ofereço graciosamente minha chalupa.

E chamou seu remador, um árabe, e deu-lhe ordem de partir para o rio. Fiquei logo entusiasmado com a oferta e me arrependia de não ter tirado proveito dela de imediato. Temia não o encontrar mais.

A toda a velocidade, corri para a hospedaria e subi a escada do talude, mandando beijos para Kyra, que estava na janela.

– Você não é gentil! – disse-me ela. – Sai por aí para se divertir e me deixa aqui sozinha, entediada!...

– Você vai se divertir amanhã como uma princesa na chalupa de um bei! – gritei, beijando-a.

E contei-lhe, quase sem fôlego, a maravilha que eu acabara de descobrir. Ah! Por que ela não foi mais madura, mais experiente que eu!... Aceitou tudo o que eu disse e perdeu a tal ponto o juízo que, de tanta impaciência de passear pelo Danúbio em luxuosa chalupa a velas, teve insônia.

No dia seguinte, passou a manhã toda fazendo sua toalete e a minha. Por volta do meio-dia, fomos para a margem. O árabe com a pequena chalupa estava lá, mas o turco não. Audaciosamente, Kyra disse-lhe:

– Você ainda tem ordem de nos levar?

– Sim – respondeu o homem, levantando-se.

Ela correu pela passarela e saltou na chalupa como uma corça. Então, seguindo-a, ouvi um barqueiro dizer atrás de mim estas palavras de que me lembrei nas horas de desgraça:

– Que bela caça!

Transmiti essas palavras a Kyra e perguntei o significado:

– São uns imbecis – disse ela.

Soprava um zéfiro fraco, e experimentamos pela primeira vez as delícias de navegar sem obstáculos; a chalupa tinha a vela pouco enfunada. A margem se distanciava quando bruscamente começamos a saltitar as pequenas ondas ao largo. Kyra teve medo e gritou:

– Não vá para o meio do rio!... Siga ao longo do porto!

O árabe manejou o leme: nós retornamos para a margem. Nossa casa apareceu na borda do talude, em sua tristeza desértica; ao lado, a hospedaria, com as janelas de nossos quartos abertas. A embarcação as deixou para trás lentamente, assim como deixou o formigueiro do porto, os inúmeros veleiros, chalanas e pontões; e estávamos do outro lado quando a chalupa se dirigiu para uma passarela solitária e atracou. Na saída, o turco nos esperava, de pé. Ele se aproximou, cumprimentou Kyra com uma longa reverência e ajudou-a a saltar em terra. Ela ficou muito lisonjeada. O homem tinha graça de movimentos e modos elegantes, que não víramos em nossos *mussafirs* estapafúrdios.

Ah! O pobre coração humano que se entrega à alegria de viver!... Como somos cegos!... Por qual descuido não tínhamos notado a pronta e suspeita presença do turco em nossa chegada, assim como sua astuciosa ausência no embarque?

Ele foi muito hábil mais uma vez. Diante da calma, da discrição e da barba branca daquele homem, Kyra foi insana a ponto de pedir para visitar seu veleiro. Era isso que ele queria; mas o homem estava certo de sua presa e respondeu em turco castiço e requintado:

– Não imediatamente, encantadora senhorita! Meu veleiro está atracado do outro lado do rio, no braço do Macin, onde está sendo carregado; e, como vocês não estão acostumados às oscilações, poderiam passar mal. Mas sua curiosidade será satisfeita em breve... Por enquanto, fico feliz em deixar minha chalupa à sua disposição e ficarei honrado de ver que estão fazendo uso dela.

Dizendo isso, saudou-nos com um amplo salamaleque que fez ondular suas roupas de seda, levou as mãos à fronte, aos lábios e ao peito e embarcou na chalupa.

Esse novo prazer nos fez esquecer mãe, pai, tios, *mussafirs* e até Deus. Nós nos entregamos de corpo e alma às garras de nosso cavalheiro. Três dias seguidos, passeamos pelo Danúbio, arriscando-nos cada vez mais longe; depois, um dia, a embarcação afastou-se tanto que, sem percebermos, nos encontramos nas águas da outra margem. E, finalmente, nossa curiosidade foi satisfeita: entramos no veleiro. Era grande e novo. O cheiro de alcatrão subiu-nos ao nariz; e, de todas as explicações que o árabe nos deu sobre a função das velas, dos mastros e da floresta de cabos, não entendemos nenhuma.

Nazim efêndi recebeu-nos de cafetã e babuchas, em sua suntuosa cabine-salão, disposta ao lado do traquete. Nunca nossos olhos tinham visto semelhante riqueza em tapetes do Oriente, cobres, almofadas bordadas com fios de ouro, muxarabiês em miniatura e uma imensa panóplia de armas: arcabuzes, cimitarras, pistolas, iatagãs, todos com filigranas e incrustações de ouro, prata e marfim. Perfumes de aromas desconhecidos faziam leves cócegas em nossas narinas. Nas paredes cobertas de tapetes, exibiam-se, no lugar de honra, o retrato do sultão Abdul-Dedjid e o emblema da Turquia, molduras com versículos do Corão em bela caligrafia árabe e retratos de odaliscas de beleza deslumbrante, que atraíram os olhares de Kyra; ela exclamou:

– Como elas são bonitas!

– Você é tão bonita quanto elas, senhorita! – elogiou o turco.

Serviram-nos deliciosos *baclavas*[41], café e soberbos *felidjanes* ornamentados e magníficos narguilés com *tumbaki* perfumado.

Nosso anfitrião foi muito cortês, alegre, cheio de bondade. Discretamente, perguntou a Kyra sobre nossos pais; e ela, sem dizer tudo, disse demais. Apressou-se sobretudo a informar-lhe que amava a dança, e Nazim efêndi, contente com a jornada, levantou-se e despediu-se dizendo:

– Pois bem, vocês dançarão aqui, quando quiserem!

E fomos levados de volta à margem romena.

Eu estava contente e orgulhoso de minha descoberta; não desconfiava de nada. Kyra estava ainda mais contente

---

41 Bolos turcos. [N. A.]

e desconfiava menos do que eu. Abandonamos todos os hábitos de antes, todas as nossas predileções. Nossa vida foi completamente absorvida pelo veleiro funesto. Andávamos todos os dias de chalupa e só ficávamos no quarto para dormir e fazer as refeições. E mais! Kyra agora achava que todas as suas toaletes não eram suficientemente ricas, que os quartos eram insuportáveis; não via a hora que o tio Cosma acabasse logo com o pai para poder voltar a casa e à sua fortuna, tornar-se uma dama elegante e receber não *mussafirs*, mas Nazim efêndi! Pobrezinha!

Uma semana seguida frequentamos a cabine do turco, dançamos e nos divertimos. Tornamo-nos familiares e sem cerimônias. Kyra jurava que "aquilo sim era pai de verdade!". Ele tirava de seus cofres toaletes esplêndidas de odaliscas e as estendia diante de nossos olhos encantados; um dia, até vestiu em minha irmã uma daquelas roupas. Ela era uma verdadeira odalisca, como as dos retratos! Para que eu não ficasse com ciúme, ele cuidou também de mim e me vestiu de turco com fez, *chalvar*[42] e pistola no cinto bordado. Paramentados daquela maneira, não estávamos longe de pedir que levantassem âncora e abrissem as velas.

Foi o que ele fez; mas, para nos enganar melhor, tirou-nos aquelas roupas, trancou-as novamente nos cofres e, ainda na mesma noite, mandou-nos de volta, com água na boca.

Na manhã seguinte – nosso último dia em solo romeno –, Kyra chorou de raiva: o pai ainda estava vivo, e tio Cosma não o colocava sob sua mira! Mas, embora ele tardasse a realizar essa obra salutar, havia alguém sendo visado.

Bem cedo, ouvimos sob nossas janelas uma voz rouca gritar: "Lagostins frescos! Lagostins!".

Até que enfim! Talvez fosse a boa nova!

42 Calça folgada. [N. A.]

O pescador de lagostins chegava na hora certa. Descemos correndo. Curvado sob o peso dos anos e sem dúvida também de seus pecados, o velho Ibrahim dava voltas debaixo de nossas janelas, lançando olhares furtivos. Nós o seguimos na direção de *Katagatz*; e lá, longe do porto, ele nos sussurrou de muito perto:

– Ai de vocês!... Cosma levou um tiro de arcabuz numa emboscada dos homens do seu pai. O irmão dele está ferido, mas conseguiu fugir a cavalo!

Ah! As lágrimas que escorreram! Nosso protetor tinha sido morto! A *ursita* cumprira a palavra! O que seria de nós agora? O pai, não temendo mais nada, certamente viria nos pegar.

Nosso terror foi mortal. Em vez de voltar para a hospedaria, mais valia o Danúbio! Na margem, a chalupa nos esperava; e, no veleiro, caímos nos braços de Nazim efêndi como se fôssemos seus filhos.

Kyra, com o belo rosto banhado em lágrimas, contou àquele pai toda a verdade, toda, assim como o desastre final, e exclamou desesperada:

– Preferimos nos jogar na água a voltar para casa!

– Mas não há por que desesperar, meus filhos – disse ele, encantado. – Vocês são de origem turca por parte de avô. Pois bem, levo-os para Istambul, onde, certamente, sua mãe deve se encontrar, tratando o olho ferido. Nós a encontraremos e vocês serão felizes!

E nos abraçou.

– Quando o senhor parte? – exclamou Kyra.

– Em algumas horas, assim que o sol se puser.

Felizes, no auge da desgraça, lançamo-nos a seus pés, enlaçamos seus joelhos. Ele era nosso salvador! E à noite, com o barulho infernal que vinha do convés, encolhidos na cabine, onde fumávamos chibuques recheados de ópio, com a cabeça alucinada, nas brumas da inconsciência e da felicidade, começamos a ser embalados de uma maneira que nos fez crer que íamos para o céu.

Não íamos para o céu, nem para Istambul, encontrar a mãe. Estávamos, sim, sendo raptados. Raptados com nosso próprio consentimento.

Outro dia lhes contarei a odisseia de minhas peregrinações em busca de minha irmã, que foi presa num harém assim que chegou a Constantinopla. Já eu fui submetido aos prazeres do respeitado benfeitor e pervertido para sempre. E Kyra estava perdida para sempre, ainda que eu, fugindo depois de dois anos aprisionado, a tenha procurado por doze anos, vendendo *salep*.

Catorze anos mais tarde, de volta à Romênia, soube que, pouco depois de nossa fuga, o tio que escapara da morte tinha se vingado, ateando fogo, certa madrugada, nas duas casas: a da mãe e a do pai, para não deixá-lo escapar. De fato, não errou o alvo; dessa vez, o pai foi queimado.

3. Dragomir

QUATRO ANOS HAVIAM SE PASSADO DESDE O DIA EM que Adrien ouvira da boca de Stavro a história de Kyra. Apesar das buscas e dos esforços de Adrien para reencontrar o infeliz homem da limonada e provar-lhe sua afeição e amizade, parecia impossível achá-lo. Acreditou que tivesse morrido. E a existência, agora movimentadíssima, de nosso jovem apaixonado seguiu seu destino.

Mas esse destino estava inteiramente a seu serviço, pelo menos em relação ao que mais lhe interessava na vida: a necessidade de estar sempre a olhar o abismo da alma humana. E, ainda que esses abismos sejam raros e difíceis de descobrir no emaranhado maciço da multidão sem nome, Adrien soube buscá-los e descobri-los; e às vezes os encontrava por acaso.

Assim, numa noite de tédio mortal, zanzando a passos arrastados pela Rua Darb-el-Barabra, no Cairo, onde se encontrava havia um mês, entrou num café-restaurante judaico-romeno – lugar cosmopolita frequentado por indivíduos de todas as condições e todas as morais. Não havia nenhuma afinidade entre os clientes do senhor Goldstein: desconfiavam uns dos outros e muitas vezes se detestavam. O que os reunia era o lúcio recheado à moda judaica e a *tzuika*[43] romena. Adrien os imitava quando podia arcar, e naquela noite podia. Mas sua aversão por aquele público era manifesta. Para evitar conversas inoportunas, atravessou o salão de cabeça baixa e sem saudar ninguém, indo até o fundo, onde se reunia a freguesia operária mais obscura e onde as mesas não tinham toalhas. De lá, escutava e observava as pessoas.

"Que semelhança entre aquele homem e Stavro!", disse mentalmente, comendo seu lúcio com as mãos e lançando olhares discretos em direção a um sujeito sentado de perfil em um canto oposto ao seu.

Bastante malvestido, com uma barba de um mês, idade avançada, o homem permanecia imóvel, com o queixo apoiado na palma da mão, olhando displicentemente em direção à saída; um copo de *tzuika* estava à sua frente. Havia em sua aparência tudo para desviar o olhar das pessoas; no entanto – embora longe de crer na existência de um Stavro no Egito –, Adrien sentiu o coração bater por aquele velho solitário, silencioso e impassível. Gostaria de poder vê-lo de frente, mas o homem não se mexia, parecendo entorpecido. Então, valendo-se do hábito oriental que permite a alguém pagar uma bebida para um desconhecido de condição igual ou mais baixa simplesmente por simpatia, Adrien chamou o garçom e pediu-lhe que servisse de sua parte uma *tzuika* ao homem que estava sentado no canto; aquilo deveria acarretar uma troca de

43 Aguardente de ameixa. [N. A.]

agradecimentos e votos de felicidade. Em vez disso, para sua grande surpresa, viu o desconhecido recusar a bebida que não havia pedido.

– É da parte daquele senhor – disse o garçom, indicando Adrien.

– Dá no mesmo – respondeu o homem sem olhar na direção para a qual se apontava.

Mas o timbre de voz foi suficiente para Adrien reconhecer Stavro, e ele foi, emocionado, tocar-lhe o ombro. Com voz abafada, sussurrou, sentando-se a seu lado:

– É possível? É você? Aqui?

– Você não sabia? – perguntou por sua vez Stavro, olhando-o sem surpresa e incrédulo.

– Como? – exclamou Adrien desapontado. – Você me viu entrar e não foi correndo me abraçar? E recusa uma bebida de simpatia que chega a sua mesa? Como assim? Você se tornou um monstro nesses últimos anos?

– É isso que nos tornamos no crepúsculo de uma vida como a minha: simpatia já não basta...

– E eu sou apenas uma simpatia para você, é isso?

– Falo de bebidas de simpatia, ou da simpatia que vem com uma bebida. Quanto a você...

– Quanto a mim?

– ... primeiro existe o fato essencial de que você está subindo a colina, ao passo que eu... eu estou descendo pela outra vertente, e entre nós há o cume. Além disso...

Stavro olhou circunspecto em torno de si e depois se calou.

– Você não está com fome, Stavro? – perguntou Adrien calorosamente.

– Sim, tenho fome.

– Quer comer lúcio recheado? É muito bem preparado aqui.

– Lúcio, sapo ou elefante, mande vir o que puder... mas

algo mais simpático que um copo de *tzuika*, que eu mesmo poderia pagar – respondeu Stavro.

E, com um ar cansado, passou a mão pelo rosto atribulado.

Uma hora depois, sentado diante de um copo de vinho no pequeno quarto de Adrien, iluminado por um candeeiro, Stavro, reanimado pela sinceridade do jovem amigo, queimava as últimas gotas do óleo da santa lamparina que sustenta a alma dos apaixonados:

– Agora que o coloquei a par de minha última e grotesca faceta drogado-morto-de-fome, eu sei, meu caro Adrien, que só a tristeza de meu estado o impede de perguntar a sequência da história de Kyra, ou melhor, do pequeno Dragomir de então. E, por você, quero muito remontar àquela época distante; mas saiba que sempre causa sofrimento revolver as malas das antigas viagens.

Quando fugi do navio de Nazim efêndi em Constantinopla, eu devia ter quase 15 anos... Era bonito, bobo e estava vestido e enfeitado como um filho de príncipe turco. Só minhas roupas valiam o preço de um belo cavalo árabe. Era o que meu raptor afirmara... Também havia meu relógio, encomendado para mim ao relojoeiro do sultão; os anéis que cobriam *todos os meus dedos*; um fez inteiramente bordado com fios de ouro; e os punhados de liras turcas que, em meus bolsos, pesavam a ponto de me arriar o calção. Eu tinha com que viver dez anos sem o trabalho de levantar uma palha.

Mas a fortuna não basta para viver. Eu tinha uma grande dor na alma e uma ingenuidade maior no coração, duas tiranias que acabam sempre por tomar a razão do ser sentimental. A dor era o desalento que sentia por causa de Kyra e de minha mãe, os dois seres perdidos, necessários à minha vida; a ingenuidade era minha crença insana de que, estando eu livre, os homens me ajudariam a reencontrá-las; e para reencontrá-las eu estava pronto para todos os sacrifícios. Estava pronto, inconscientemente, até para o sacrifício de meu corpo, então viciado, então habituado ao novo estado; porque a gente se acostuma a tudo na vida, e ao vício mais facilmente do que a qualquer coisa que de início já se mostre difícil. Tanto é verdade que, no tempo em que eu era prisioneiro, cheguei a pensar mais de uma vez: "Ah! Se Kyra e mamãe estivessem comigo, eu não pediria mais nada além de permanecer aqui!".

Fiquei tão feliz quando me vi, milagrosamente, fora de minha prisão dourada que – Deus me perdoe! – me esqueci por um instante de Kyra e de minha mãe! Eu não temia mais meu tirano. Seu veleiro levantara âncora no mesmo instante em que, graças à sua imprudência, eu punha os pés em terra; e, por muito tempo, ao raiar da aurora, eu o amaldiçoei aos gritos, correndo pelo cais que margeia o Bósforo, lançando-lhe *tiflas*: "Vá, vá para todos os diabos! Podridão perfumada! E que o Senhor cheio de graça arme uma grande tempestade em torno de sua maldita *caravie* quando você estiver sozinho sob o céu do mar Negro; e que os peixes do fundo da água se empanturrem com o seu cadáver inchado! *Amém*!".

Assim que o pesadelo do veleiro desapareceu, fui tomado por uma alegria estonteante e comecei a correr em todas as direções pelas ruas sujas de Gálata, pisando nos rabos de inúmeros cães sarnentos, trombando com os vendedores de *salep*, derrubando peregrinos cegos e os narguilés dos que fumavam nas calçadas. É que eu tinha olhos novos e uma liberdade inesperada. Os que passavam me tomavam por louco, e um *chaouch*[44] me deteve, sem me tocar, saudou-me respeitosamente e disse com palavras de cortesia que me fizeram rir:

44 Sargento, oficial do Império otomano. [N. E.]

– Permito-me dizer-lhe, filho de bei, que é indigno de vosso pai entregar-vos a tais divertimentos! Qual é vosso *ilustre* nome? Onde está vosso *governador*?

– O que quer dizer "ilustre" e "governador"? – perguntei, puxando o calção que me descia até o joelho.

E sem mais dei-lhe as costas. Um homem a cavalo passava trotando, e o proprietário do cavalo corria atrás, agarrado ao rabo do animal. Aquilo me divertiu muito, e fiz o mesmo, até perder o fôlego.

Aquele primeiro dia de liberdade foi o único da época em que minha alegria foi completa, sem a mínima preocupação, isenta de dificuldades. Eu tinha vontade de fazer mil coisas de uma só vez: atravessar pontes, ir ao Chifre de Ouro, entrar nos lupanares onde dançavam mulheres de ventre nu, subir as ruas oblíquas que conduziam a Pera. Mas decidi montar e escolhi o cavalo mais bonito. O proprietário era atencioso e cortês. Ajudou-me a subir no cavalo e ajustou os estribos à minha altura. Percebendo logo que eu não sabia montar nem parecia certo do destino de minha corrida, deu-me instruções sobre como segurar as rédeas e perguntou aonde eu queria ir.

– Para todos os lugares! – respondi, içando-me sobre os estribos.

– Para todos os lugares? – disse ele espantado. – Mas vossa senhoria não poderia ir para todos os lugares de uma vez. É preciso escolher um caminho.

– Pois então me leve em direção àquelas colinas que se refletem no Bósforo.

E com suas indicações partimos em direção a Yldiz-Kiosk e Dolma-Baktsché, que deslumbraram meus olhos e embalaram meu espírito na mais fantástica irrealidade. Durante longas e doces horas, acariciado pelo meneio do cavalo que ia a trote e pelas maravilhas que desfilavam diante de meus olhos semicerrados, meu corpo, minha alma, meu ser real não eram mais deste mundo. Meu passado inteiro tinha evaporado. Eu esquecia o homem que conduzia o animal pelas rédeas e não dizia palavra, do mesmo modo que não lhe perguntava absolutamente nada; não abri a boca ao longo de todo aquele inesquecível passeio. E foi como em sonho que senti, a certo ponto, o cavalo parar e uma voz irreconhecível dizer chorosa:

– Efêndi, é tarde. Logo vai escurecer. Estou com fome, e o animal também. Devo conduzi-lo à porta de sua residência?

Entendi que devia descer e desci, com a cabeça atordoada. Entre as pernas, uma sensação dolorosa me fez perder o equilíbrio, e simplesmente me sentei no chão.

– O senhor deseja ficar aqui? – perguntou o homem.

Fiz um sinal afirmativo com a cabeça e tirei do bolso 1 lira de ouro que entreguei a ele. Eu sabia que era preciso *pagar*, mas não tinha nenhuma noção do valor do dinheiro nem das coisas úteis à vida.

– São 3 *tschereks*[45] – disse ele. – O senhor não tem, por acaso?

Automaticamente, ofereci-lhe mais 2 liras:

– Não, efêndi, eu quero dizer que está me dando demais, e acho que não tenho troco suficiente para lhe dar.

– Pois então fique com a moeda – murmurei.

– Ah! Não. Eu teria de trabalhar uma semana para ganhar esta moeda.

– Não faz mal, fique com ela.

– Por Alá, não! – bradou ele. – Vosso poderoso pai teria o direito de mandar cortar minha cabeça! Não, não!

E, tirando tudo o que tinha no *kemir*[46], despejou no meu colo uma quantidade de *megdedies*, *tschereks*, *bechliks* e

45 Moeda turca de prata e cobre. [N. A.]

46 Cinto largo para guardar objetos, comum no Oriente. [N. A.]

meteliks que me pareceu enorme; cumprimentou-me com salamaleques, montou em seu cavalo e desapareceu.

Fiquei sozinho sobre a grama verdejante de uma estrada muito limpa e bonita que bordejava o canal. Meu olhar, fixo na água calma, sorvia avidamente as imagens fantásticas dos contos orientais: as sombras dos palácios e das coníferas que o sol poente projetava e alongava nitidamente no espelho assombreado do Bósforo, assim como, mais ao longe, toda uma gama de cores vivas, manchas de ouro, manchas de cobre, vermelhas como o fogo, perdendo-se, bem no fundo, contra as colinas de cumes cor de malva emborcadas no mar.

Era assim tão bela a terra? Eu não sabia disso até aquele momento. Eu a via pela primeira vez... A sala de mamãe e a prisão flutuante de Nazim efêndi preenchiam toda a minha vida anterior. E entreguei-me tão desmesuradamente à vertigem naquele dia feérico, mas sobretudo ao devaneio de seu fim crepuscular, que no momento em que uma canção bela e melancólica se elevou de um barco a remo que passava devagar perto de mim já era quase noite. Onde eu estava? Onde comer? Onde dormir? E onde estavam elas, Kyra e mamãe?... Para qual afeição eu deveria dirigir meus passos?...

Meu peito encheu-se de soluços, de minha garganta escaparam gritos, e meu rosto foi inundado por lágrimas cálidas.

O remador ouviu-me e virou-se para mim, mas, quando chegou a 2 metros do cais, esticou o pescoço, examinou-me um minuto, depois se afastou, gritando alto em grego:

– Oooh!... "Minha alma!"... Você não deve ser tão infeliz assim: está coberto de ouro!

Desde aquela noite, sempre desconfiei dos homens que têm voz bonita.

Foi no caminho solitário que levava à cidade que gritei minha aflição, toda a dor de uma tenra adolescência entregue a uma vida impiedosa. E nem aquele ouro que pesava em meu calção, nem aqueles anéis preciosos que ornavam todos os meus dedos, nem aquele relógio principesco souberam me dar um conselho, um consolo. O valor deles ficou para sempre aviltado a meus olhos. Eu teria oferecido tudo, até minha camisa, àquele que me pusesse diante de – nem digo de Kyra nem de minha mãe – uma mecha de seus cabelos apenas; ela me tornaria mais forte do que todo aquele metal maldito. Teria sido mais benéfica ao coração do que toda aquela pedraria inestimável.

Em cada árvore da estrada escura eu ia apoiar minha fronte escaldante, molhar com minhas lágrimas sua casca rugosa. Cada tronco foi enlaçado por meus braços. Para sua sincera indiferença, eu repetia sem parar:

– Mamãe!... Mamãe!... Kyra!... Mamãe!... Onde estão vocês? Estou livre... E não sei para onde ir... e é noite... e há muita gente aqui, gente demais... Mas nada de Kyra, nada de mamãe!

De repente, numa curva, uma luz forte feriu-me os olhos. Dois "abridores de caminho", de pernas nuas e tochas flamejantes nas mãos, passaram rapidamente, ambos gritando em uníssono:

– Saiam do caminho!

Mal tive tempo de sair da frente da rica comitiva que passava, ressoou um estalo de chicote e ao mesmo tempo uma dor forte me queimou o pescoço e o queixo. Caí no chão, de cara na relva. Desde as brutalidades do pai e do irmão, eu não sentira dor semelhante.

Levantei-me apalpando às cegas. A estrada estava agora mais escura que antes, e fui tomado pelo pânico. Comecei a correr com toda a força de minhas pernas, sem dizer nada, assombrado com tudo e temendo minha própria respiração, o barulho em meus ouvidos açoitados pelo vento. Depois apareceram casas, ruas limpas, ruas sujas, pessoas, mercadores aos gritos, cães quase imóveis, até que por fim, em algum lugar, num terreno baldio, caí inconsciente...

Despertei com o esforço que um homem fazia para me pôr sentado; e, à luz da lua, vi uma figura parecida com a de Ibrahim, o pescador de lagostins de Katagatz. Logo a esperança de reencontrar minha irmã e minha mãe despertou em meu coração. Enlacei seu pescoço, que cheirava a sujeira e tabaco, e gritei, soluçando:

– Perdi minha irmã e minha mãe e estou infeliz!... Ajude-me a encontrá-las, dou ao senhor todo o ouro que tenho nos bolsos, todos os meus anéis, meu relógio e minhas roupas...

– Por Alá, não grite! – cochichou o velho, cobrindo minha boca com sua mão úmida.

E, erguendo-me, disse:

– Venha comigo.

Eu o segui. Então percebi que ele levava nos braços uma cesta de *rahat-lokum*[47], que era seu ganha-pão.

Caminhamos mais de meia hora: ele, calado; eu, num estado de completa prostração. Até aquela noite, meus pés nunca tinham chafurdado em tanta lama, meus olhos nunca haviam visto bairros tão sujos nem miséria tão horrorosa. Por fim, ele me arrastou para uma espécie de quarto que ficava nos fundos de uma loja e onde só havia um catre e uma moringa de água, ambos no chão. Era tudo, absolutamente tudo.

– Conte-me, agora, sua história – disse ele, depositando a cesta e sentando-se à turca na beirada do catre.

Em menos de uma hora, contei-lhe toda a minha história, brevemente, mas toda, sem esconder nada, desde a casa de minha mãe até meu desembarque. Ele me escutou sem pronunciar uma só palavra. No fim, levantou-se:

---

47 Doce tradicional turco. [N.E.]

– Durma ali... – disse ele, apontando para a esteira. – É só isso que posso lhe dizer esta noite.

Fiquei um pouco desconcertado, mas firmemente convicto de que ele me ajudaria a encontrar minhas doces criaturas. Desabei como um tronco e adormeci olhando meu benfeitor encolhido a um canto, com os olhos fixos em mim.

No dia seguinte bem cedo, ele me despertou:

– É preciso partir...

– Para procurar Kyra? – perguntei rapidamente.

– Não, meu filho, não para procurar Kyra, mas para jamais nos encontrarmos novamente, porque você carrega infelicidades em seu ouro, suas joias e suas roupas. Que Alá venha em sua ajuda!

E, fechando a porta, deixou-me do lado de fora, afastando-se com sua cesta de *rahat*.

Aquele velho assim como o *chaouch*, o remador e o locador de cavalo foram as quatro melhores pessoas, as únicas honestas que eu encontraria por muito tempo; e aquele primeiro dia de liberdade continuou sendo o único cuja lembrança conseguia aquecer-me o coração.

A partir daquele instante, meu primeiro movimento me levou direto ao abismo:

Abandonado de modo tão cruel, minha estupefação foi tal que, julgando o homem louco, não tive nem a força de chorar, de me desesperar. Meu espírito recusou-se a acreditar em tal maldade; meu primeiro pensamento foi ir em busca de homens com o coração menos duro. A vida me esperava para me deixar bem servido.

Não sei por qual fantasia infantil quis me persuadir de que minha mãe ainda tratava o rosto e o olho em algum hospital; disse para mim mesmo que era por aí que eu deveria começar minhas buscas. Com essa ideia na cabeça, pus-me a caminhar, perguntando aos que passavam para que lado ficava o centro da cidade. Todos me mandaram a Pera, aonde cheguei antes do meio-dia.

Como tinha fome, a ponto de não poder parar em pé, procurei algo para comer numa ruela lateral de onde vinha o cheiro bom de carne de carneiro assada. Perto da esquina, diante de uma lojinha, um homem abanava um braseiro sobre o qual havia pequenos pedaços de carne enfiados num espeto. Com o fez na nuca, a camisa entreaberta, deixando aparecer um peito bronzeado e peludo, o mercador rodava, rodopiava, rolava os olhos e gritava para os que passavam:

– *Kebab*! *Kebab*!

Entrei na loja, onde não havia ninguém, e pedi pão e *kebab*. Sobre a mesa suja de madeira, devorei cerca de meia libra de pão, três espetinhos de carne e tomei água. Depois tirei um punhado de moedas de ouro, prata e cobre e as ofereci, para que ele escolhesse a moeda:

– Pegue daqui o valor da refeição – disse eu. O comerciante empertigou-se, olhou-me de cima a baixo, lançou olhadelas furtivas em direção à porta e, audaciosamente, pegou 1 lira de ouro e colocou-a depressa no *kemir*. Ao sair, eu me dizia: “De duas, uma: ou uma refeição custa bem mais caro que um dia todo de passeio a cavalo, ou esse vigarista não tem medo que meu ‘poderoso pai tenha o direito’ de lhe cortar a cabeça!”.

Preocupado e desejando encontrar o homem amável que se poria generosamente a meu serviço, fui diretamente ao maior café da praça. Pensei: “É mais inteligente dirigir-se aos grandes, aos nobres: eles não têm necessidade de me roubar, não têm medo de minhas roupas e de meu ouro”.

Meu raciocínio foi exato. Mas, antes de entrar, fui pôr o pé sobre o caixote de um engraxate, como havia visto fazer um punhado de pessoas que tinham os calçados enlameados como os meus. E dessa vez fui esperto:

observei bem qual moeda os outros jogavam para o engraxate; como eles, dei a menor, 1 *metelik*. Depois, tinindo de limpo, entrei.

Fiquei aturdido com a horrível algazarra de vozes, dados e fichas de trique-traque. Quase nenhum lugar livre nas mesas, onde todos jogavam alguma coisa; de fato, só havia ali poderosos, nobres, civis e militares. Passei entre as mesas e voltei a passar; ninguém prestou atenção em mim ou na minha rica vestimenta; nem sequer os garçons. "Como é agradável só tratar com pessoas de boa educação! Fica-se bem mais à vontade do que entre os *mesquins*[48]", pensei.

E, encontrando um assento livre perto de dois jogadores de xadrez, sentei-me e pedi um café *caimac*[49] e um narguilé. De novo prestei atenção nas moedas que os outros davam para pagar o que consumiam; para minha grande surpresa, descobri que apenas uma moeda de prata do *tscherek* era suficiente para tomar dez cafés e fumar a mesma quantidade de narguilés, incluindo a gorjeta.

Examinei o rosto dos dois jogadores, meus vizinhos, um oficial e um civil, ambos ainda jovens, completamente absortos no jogo; olhavam para ele com uma fixação que me dava dor de cabeça. Pareceram-me simpáticos, sobretudo o semblante ligeiramente rude do oficial ao lado do qual eu me sentava. Falavam muito pouco, mas num turco perfeito, o que me agradou e, ao mesmo tempo, me gelou o coração, porque Nazim efêndi também falava com perfeição. Mas a farda do oficial me tranquilizou: "Deve ser um bravo", pensei, vendo seu peito coberto de condecorações. E sem mais, à queima-roupa, inclinei-me em sua direção e disse:

---

48 Pobre, em árabe. [N. A.]

49 Café com leite. [N. E.]

– Perdão, senhor, sabe...

Com um sinal do indicador, sem me olhar, ele cortou minha palavra.

Esse insucesso, expresso com um movimento tão familiar, ao contrário do que se poderia prever, deu-me confiança; e, pouco depois, inclinei-me novamente para interrogá-lo; mas, antes que eu abrisse a boca, ele me interrompeu com o mesmo sinal do dedo e logo, com a outra mão, avançou uma peça. Então, ousado, voltei à carga:

– Perdão, senhor, sabe onde se tratam as pessoas que têm os olhos vazados?

– Que têm os olhos vazados? – bradou ele, avançando sobre mim de modo que me fez recuar de medo.

– É... minha mãe... – balbuciei.

– Sua mãe está com os olhos vazados? E quem os vazou? – disse ele, examinando-me da cabeça aos pés.

– Os dois não – disse eu tímido. – Só um.

– Onde foi isso? Quando? Como?...

– Foi meu pai, maltratando-a em Brăila, na Romênia... Há dois anos.

O oficial pareceu exasperado. Voltando-se para o amigo, repetiu minha frase com indignação:

– Uma mulher apanha na Romênia, há dois anos, tem um olho vazado e hoje é procurada em Constantinopla!... Você sabe algo sobre isso, Mustapha?

– Sim, sim... sei! – disse o outro. – Mas será preciso examinar o caso de perto, e não aqui.

E, acariciando minha bochecha, acrescentou:

– Primeiro é preciso deixar esta criança à vontade; vamos sair do café.

Do lado de fora, ele chamou um fiacre, e nós três subimos.

Seis meses de doces esperanças e cruéis decepções, de relativa liberdade e vida opulenta seguiram esse segundo e último contato com a generosidade dos poderosos que falam uma linguagem esmerada.

Descendo na porta do bei Mustapha, o oficial despediu-se do amigo. Para mim, ele apenas teve um olhar severo e desdenhoso, e só revi aquele homem muitos anos mais tarde, em circunstâncias que serão conhecidas. Eu o julguei duramente e, em meu entusiasmo pueril, disse ao bei:

– É orgulhoso o seu amigo...

– Sim, é um pouco orgulhoso, mas é bom.

(O bei Mustapha falava de bondade!)

A casa era uma enorme *villa* situada fora da cidade, ao sul. O grande parque que a circundava descia até o Bósforo. Casa silenciosa, de uma riqueza esmagadora e cheia de criados invisíveis, mudos como túmulos. Mas a atmosfera de intimidade que reina em toda morada oriental deixou-me confiante. A extrema delicadeza do bei contribuiu muito para isso. Não havia nada da dissimulação de Nazim. Encantador, irresistível, educado e familiar enquanto durou minha esperança; eu não teria por que censurá-lo hoje em dia – nem sequer por sua impotência em satisfazer meu desejo impossível – se, assim que minha esperança caísse por terra, ele tivesse simplesmente me mandado embora. Mas a paixão dos orientais é tão tirânica que desnatura os corações mais generosos e os impele às mesmas perversidades, uns pela malícia, outros pela violência.

O bei Mustapha conheceu minha história com mais facilidade do que outros a conheceriam a partir de então. Estou convencido de que aquele homem ficou sinceramente tocado, porque mais de uma vez percebi seus olhos úmidos durante minha narrativa.

Ele me prometeu fazer todo o possível:

– Se sua mãe estiver em Constantinopla – disse ele, acariciando minhas mãos –, eu saberei pelos hospitais e pela polícia. Quanto a Kyra, enviarei alcoviteiras, sutis como o éter e astutas como raposas, para esquadrinhar os haréns mais vigiados. Se a descobrirem, garanto sua fuga; a preço de ouro consegue-se tudo o que se quer na Turquia.

Então, mostrou-me meu quarto e recomendou-me aos cuidados de um doméstico que ficaria a meu serviço. Minhas joias e minhas roupas, "luxuosas demais, até indecentes", segundo ele, foram substituídas por outras mais "dignas". E, em troca de todas essas amabilidades, foi-me imposta uma única condição: não frequentar mais os grandes cafés e não ir com muita frequência à cidade.

– É de seu interesse – acrescentou ele. – Nazim não vai desistir tão facilmente da sua presa, e um dia você poderá se ver encapuzado, amarrado e embarcado como um simples saco de *yenibahar*[50].

Essa perspectiva aterrorizou-me. De repente, senti-me ligado a ele e ao cativeiro quase livre que eu via descortinar-se diante de minha jovem adolescência.

Há muitos meios de entregar uma alma apaixonada à perdição; o mais fácil é falar com ternura. E, como todo o meu coração, naquele tempo, era Kyra, o bei Mustapha falava e me fazia falar de Kyra.

Ele o fez de maneira muito natural, porque me amava sinceramente; mas que o diabo carregue a sinceridade dos apaixonados! Na maioria das vezes, ela não passa de um narcótico voluptuoso.

O bei Mustapha começou por introduzir Kyra na casa dando seu nome a coisas simpáticas. Assim ao saber que, em romeno, *narguilé* e *bracelete* são palavras femininas, ele me trouxe, sucessivamente, o mais belo narguilé que eu já vira e um bracelete preciosíssimo. Em ambos, havia

50 Pimenta. [N.E.]

mandado gravar a palavra *Kyra*, que eu não soube ler. E um dia, pouco depois de fazer um mês que eu estava em sua casa, no parque, ele chegou trazendo pelas rédeas uma égua soberba, jovem, flexível, caprichosa e impaciente como Kyra:

– Tome – disse-me ele –, eis a mais bela *Kyralina* que posso lhe oferecer; ela é sua!

Logo me fez montar, familiarizar-me com seus movimentos desregrados; e, escoltado por ele e pelo criado, ambos a cavalo, saímos para dar uma volta como treino nas redondezas pitorescas que se estendiam ao norte da *villa*.

Fato certo e consolador: em nenhum momento daquele breve período de triste opulência, a embriaguez conseguiu me fazer esquecer o desastre de minha infância durante três dias seguidos. Não é menos verdade que este pobre coração se deixou muitas vezes embriagar. Como seria possível resistir? Minhas horas, alimentadas pelo discurso cheio de esperança do bei, transcorriam entre meu narguilé e minha égua, delicioso animal do qual eu só me afastava para dormir e fazer as refeições, e que, pelas particularidades e excentricidades de seu temperamento, não demorou a me fazer crer que algo do amor de Kyra chegava a mim por seu intermédio. Por sua vez, aquele nobre animal me amava e se ligou a mim a ponto de fazer um verdadeiro alvoroço na estrebaria nos momentos em que eu, em vez de soltá-lo, me demorava com o bei em apaixonadas partidas de trique-traque.

Assim, Kyra nos belos olhos negros da égua, Kyra nos objetos mais íntimos que eu tocava, Kyra em nossa conversa: a imagem de Kyra estava pela metade na casa.

A outra metade era levada pelas alcoviteiras enviadas à sua procura. Aquelas bruxas vieram me assegurar, uma mais convicta do que a outra, que Kyra se encontrava em dez haréns de uma só vez.

De acordo com suas descrições de impressionante exatidão, dos detalhes palpitantes que me relatavam sobre a fisionomia das *cadânas*[51] avistadas, meu coração entregava-se a uma dança mortal. Eu engolia tudo o que diziam com a ingenuidade de uma criança de 6 anos, e não foram poucas as rufionas que abracei efusivamente, gritando:

– Deve ser! É de fato a minha irmã!... Tratem de se aproximar dela e pronunciar meu nome: *Dragomir*. E façam todo o possível para conseguir uma fotografia.

Mas, para falar com as *cadânas* e conseguir uma fotografia, era preciso dinheiro; para fechar olhos curiosos, tapar ouvidos indiscretos e abrir portas bem vigiadas, muito dinheiro.

No meio do quarto, com as mãos nos bolsos, os olhos bisbilhoteiros e irônicos, o bei escutava e sorria. Eu caía a seus pés, implorava. E, generosamente, ele distribuía moedas de prata, de acordo com a influência.

E, mais uma vez, longos dias de espera, tristes horas vazias de qualquer sentimento vital; meu desespero não encontrava outro refúgio além da alma viva de minha *Kyralina*. Com ela, muitas vezes abraçado ao seu pescoço sedoso, por estradas intermináveis, em manhãs radiantes ou em crepúsculos efervescentes, eu me entregava a um desalento em que a saudade era torturante e o prazer, mortífero.

Ao meu lado, como um contrassenso ainda mais ofensivo, o criado a cavalo, armado até os dentes, não se afastava uma polegada de mim; com seu silêncio culpado e isento de intimidade, ele violentava minha última expressão de amor.

Dessa forma, o tempo passou da primavera ao outono, de maio a setembro, depois minha esperança desabou bruscamente.

---

51 Cortesãs. [N.E.]

As fotos trazidas não representavam Kyra, e o nome *Dragomir*, sussurrado nos ouvidos das infelizes enclausuradas, não teve nenhum eco no labirinto sombrio de seus corações. Eu já não dava ouvidos às vozes melosas daquelas mulheres e, assim, elas foram mandadas embora.

Mas uma desgraça nunca vem desacompanhada. As investigações feitas para encontrar algum vestígio da presença de minha mãe em Constantinopla tampouco deram resultado. Pressionado com perguntas, o bei teve de me confessar o insucesso e, para provar-me sua boa vontade, mandou chamar o chefe da polícia turca, um colosso com cara de estafermo de parque de diversões, bigode comprido, pendente, e olhos de bandido, que bateu os pés, fez continência e gritou com uma voz que quase me derrubou:

– Desde que Istambul existe, nunca uma mulher romena com um olho vazado pôs os pés aqui!

Era mais do que convincente.

O desespero apoderou-se de mim logo que a miragem se dissipou. Com lágrimas a caírem abundantes sobre as mãos perfumadas do bei, roguei-lhe que me deixasse partir. Ele se opôs.

– O que vai ser de você se deixar este lugar? Você é tolo como um cordeiro. Além do mais, tem a infelicidade de ser jovem e bonito, duas qualidades que só fazem fortuna na Turquia com astúcia, e não é o seu caso. Fique. Nesta casa você tem tudo de que precisa e mais do que seu berço levaria a prever.

Fiquei desolado. Suas palavras soavam como um dobre fúnebre. Mas o bei redobrou as atenções. Conhecendo minha queda por equitação, encomendou para mim um uniforme de caça, comprou uma bela espingarda de coronha marchetada que foi batizada de *terrível Kyra*[52], e, assim

---

52 A palavra "espingarda" também é feminina em romeno. [N. A.]

equipados, nós tomamos uma manhã a grande estrada de Andrinopla seguidos por dois criados:

– Vou lhe mostrar os domínios habitados por cervos e abutres – disse-me ele. – E verá que a vida é bela, mesmo sem mulher; porque você ainda não sabe que a mais bela mulher acaba sempre por se tornar uma meretriz.

Aquele insulto atingiu-me como uma punhalada e tornou o bei Mustapha odioso aos meus olhos. Fiz o melhor que pude para dissimular meus sentimentos, mas prontamente tive a ideia de fugir.

Surgiu uma oportunidade maravilhosa: havíamos partido para uma grande excursão de quinze dias para os Bálcãs mais próximos e ao longo do Rio Maritsa – caçada outonal que era hábito do bei.

Meu plano era triplo. Ou eu burlava a vigilância dos bárbaros e fugia disfarçado de camponês turco. Ou comprava a minha liberdade. E, se minhas duas tentativas falhassem, restavam-me (terceiro recurso desesperado) as patas de Kyralina, que, segundo o bei, mostrara ser uma corredora de primeira ordem. Para me convencer, pedi permissão para competir com o cavalo árabe de Mustapha; ele, contente com meu bom humor, aceitou, deu-me uma vantagem de trezentos passos e declarou-se capaz de me alcançar no vilarejo que entrevíamos a aproximadamente 3 quilômetros.

Ao ouvir o tiro de pistola que o bei fez ressoar, afundei as esporas nos flancos de Kyralina. A égua empinou, mordeu o freio e partiu como o vento. Soltei as rédeas e agarrei-me solidamente à sela. O vento assoviava em meus ouvidos com tal força que eu tentava em vão ouvir o galope de meu adversário; já não sabendo quanto de terreno estava perdendo, eu golpeava furiosamente a barriga do animal. A terra girava ao meu redor. A estrada acinzentada fugia como num passe de mágica.

Logo o vilarejo apareceu, foi alcançado, atravessado e deixado para trás sob o olhar espantado dos habitantes. Gansos, galinhas e patos que por azar se deixaram surpreender no meio do caminho foram pisoteados pelos cascos do cavalo.

Por fim, fui alcançado a 1 quilômetro de lá. Pouco depois, os criados chegaram por sua vez, trazendo minha espingarda, que eu nem mesmo percebera ter perdido.

– Fui derrotado! – disse o bei, apertando minha mão. – Peça-me o que desejar e eu pagarei.

– Pois bem – disse eu –, dê-me 1 quilômetro de vantagem e a promessa de não me procurar mais se não me alcançar no próximo vilarejo.

Ele pareceu consternado:

– Está assim tão farto de mim? O que lhe falta? Mulheres? Eu lhe ofereço quantas quiser: do meu harém ou virgens de 14 anos. Em toda esta região, elas pululam, de todas as cores, de todas as raças, e não pedem mais do que ser nossas escravas, já que cada virgem precisa encontrar um dia seu imbecil...

– Bei Mustapha! – gritei. – O senhor não acha que a liberdade é melhor que a escravidão e que um "imbecil" amado vale mais do que um príncipe detestado?

– Isso é verdade – respondeu ele. – Mas não se preocupe com o que é verdade... Preocupe-se com o que é *bom*. Somos senhores absolutos de todas estas extensões de terras, inclusive as *bestas*. Tomemos então o que se oferece "bestamente" a nosso poder!

Foi nesse instante que meus olhos se abriram de maneira consciente para a vida. De fato, o bei, em seu cinismo, tinha razão: tudo se oferecia "bestamente" a seu poder. Não era preciso nem sequer coagir.

Território turco ou búlgaro, muçulmanos ou cristãos, todos, do rico ao pobre, não passavam de escravos dóceis;

e, embora a jovem se escondesse quando chegávamos, o pai dela, para cair nas graças do poderoso, tinha o sumo prazer de sacrificá-la com a mesma facilidade com que nos oferecia sua melhor cama e seu mais belo carneiro.

Esse espetáculo me fez desejar ainda mais avidamente a liberdade. Senti-me culpado pela vida opulenta que levava; em meu coração jovem, nasceu a necessidade de ter um ofício independente que me permitisse ganhar honestamente meu pão. A partir daí, nada me interessou, salvo a oportunidade de fugir. Mas essa oportunidade não se apresentava, e à noite eu me sentia tão desolado como na véspera.

A vigilância era das mais severas. Durante o dia, nas longas e cansativas corridas da caçada, eu era continuamente acompanhado pelo bei ou escoltado por dois criados; à noite, dormia no quarto de meu triste protetor, sem esperança de escapar. Assim, o primeiro de meus três meios de salvação se desvaneceu. O segundo, que era comprar minha liberdade, também malogrou.

Num dia de chuva torrencial, enquanto o bei jogava xadrez com o anfitrião, eu também me entretinha numa partida de gamão com meu criado. Estávamos sozinhos. Para chegar aonde queria, fui afetuoso, sentimental, e expressei discretamente meu desejo de fugir. Ele fez ouvidos moucos. Então prometi-lhe o ouro e as joias que tinha. Ele recusou.

– Como assim, Ahmede, dizem que na Turquia tudo se compra com ouro.

– Sim, compra-se... – murmurou ele. – Mas aquele que vende precisa conseguir ouro suficiente para, por sua vez, poder pagar o preço da própria cabeça. E o senhor não tem o suficiente.

Só me restava agora pôr minha vida em jogo numa fuga desesperada. Sabia que poderia ser morto como um cachorro, mas mesmo assim não hesitei nem um minuto.

Estávamos numa região montanhosa, arborizada, muito propícia a meus desígnios. Dois dias depois, bem a calhar, pusemo-nos a subir uma estrada difícil, entre abetos, escoltados por cinco homens a cavalo que organizariam uma batida. Para não dar tempo ao criado de relatar a seu senhor minha proposta do dia anterior, decidi tentar a sorte assim que se apresentasse a oportunidade, e ela se apresentou esplendidamente.

No limiar de uma grande clareira, no meio da qual jazia um pequeno lago atravessado por uma queda-d'água, a tropa parou.

– É aqui que as camurças vêm matar a sede – disse calmamente o guia.

E partiu com seus quatro homens. Os dois criados foram posicionados em dois pontos estratégicos, com ordem de abrir fogo no momento certo para direcionar a caça para a mira do bei. Assim dispersos, eu vislumbrava minha liberdade; era mais fácil escapar de um só homem do que de um bando inteiro.

Estávamos emboscados na fenda de uma rocha; a vista abarcava a região por onde deveria passar a caça perseguida.

– Atire apenas se o animal me escapar ou se passar debaixo do seu nariz – dizia-me o bei Mustapha –, porque a "terrível *Kyra*" não é tão malvada em suas mãos!

De fato, eu não sabia atirar.

Havia transcorrido talvez uma hora quando ressoou um tiro, e depois dois ou três. O bei, com a arma pronta, perscrutava a região com o olhar e, de repente, como se saísse da terra, um belo cervo surgiu bem no caminho; mas, em questão de um segundo, desapareceu à direita, do lado onde Ahmede esperava.

– Nós o pegaremos! – gritou o bei. – Vou correr para acertá-lo de lado! Fique aqui e vigie a passagem para obrigá-lo a dar meia-volta!

– Fique você e fique também com sua espingarda! – bradei ao vê-lo partir a galope.

Jogando a arma e a mochila, desviei e desci a pique em direção ao vale e, saindo da trilha, embrenhei-me na mata densa de abetos; encontrando logo em seguida uma boa estrada, parti com a égua a toda brida; minha liberdade ou minha morte dependia daquele galope.

"Amada *Kyra*, venha em meu socorro", implorei colado à nuca do animal.

Devia ter percorrido pelo menos 5 léguas desde o local da caçada quando, sob a luz resplandecente de outono, parei numa boscagem à margem do Rio Maritsa. Deixei a égua pastar e descansar. Morto de cansaço e aparvalhado de alegria, deitei-me sobre minha coberta. No entanto, uma sensação de temor me atenazava: em minha disparada, eu fora visto pelos moradores das aldeias e pelos lenhadores. E o tempo todo eu me perguntava: "Estou livre ou não?".

Via a terra vasta e bela oferecer-se aos meus olhos e não sabia se estava livre para levantar-me e partir, andar com minhas próprias pernas. A sombra de uma mão invisível me ameaçava; ela podia me agarrar pelo colarinho e me reter.

O sono veio livrar-me das preocupações. Minhas pálpebras se fecharam. Quando se reabriram, eu me vi com muito menos preocupações que antes de dormir, porque ao meu lado, sentado à turca, o bei Mustapha vigiava minha felicidade. Apontando-me um pequeno saco de pele de cervo, disse, enquanto eu esfregava os olhos para espantar aquilo que tomava por pesadelo:

– Pegue, Dragomir, trouxe seu almoço... Deve estar com fome.

E um pouco mais tarde, voltando a cavalo:

– Ah! – exclamou ele. – Você então é capaz de me pregar peças assim? Não sabe que o que o muçulmano agarra Deus esquece?

Alguns dias depois, de volta a Constantinopla, a primeira palavra do bei foi dizer aos dois criados em minha presença:

– Vocês acompanharão o senhor Dragomir a cavalo dois dias por semana, num passeio de uma hora, sempre a trote, mas responderão com a própria cabeça por qualquer coisa que aconteça com ele. Ordeno que disparem na barriga de sua égua na primeira tentativa de fuga!

Dirigindo-se a mim:

– Aqui dentro, também, você só tem liberdade de circular em seu aposento!

Os criados não tiveram muita dificuldade para aplicar aquelas amáveis disposições, porque no mesmo dia caí doente e fiquei de cama. Durante toda uma semana estive inconsciente, tomado pela febre e pelo delírio.

Quando voltei a mim, deparei-me com meu quarto transformado em uma verdadeira enfermaria. Dois médicos se revezavam à minha cabeceira. Já o bei Mustapha estava simplesmente apavorado. Esquecendo-se da grande figura que era, curvou-se aos meus pés e me pediu perdão.

– O senhor me deixará partir? – perguntei.

– Mas isso não pode ser, minha alma! Peça-me outra coisa, tudo o que quiser!

– Pois bem, então quero morrer! – disse eu, voltando o rosto para a parede.

Sim, queria morrer. Mas não se morre como se quer... Três semanas depois, deixei o leito para entrar em longa convalescença; durante aquele mês, só saía das crises furiosas de nervos para cair em aparvalhamentos melancólicos.

Tudo que o bei me deu de presente eu pisoteei, quebrei, rasguei. Atirei meu belo narguilé contra as grades da janela e esmigalhei o bracelete. Por fim, bastava o tirano aparecer em meu quarto para eu rasgar as roupas.

No entanto, uma distração bastante terna, inocente e inesperada veio colocar um pouco de ordem em meu organismo desequilibrado.

Era inverno, o inverno ameno e sensual do Bósforo. Sozinho em meu quarto da manhã à noite, toda a minha vida consistia em olhar o parque pelas três grandes janelas do andar térreo em que eu morava. Para trazer um pouco de vida àquela parte desértica do parque, eu jogava pelas janelas os restos de minhas refeições – pães, frutas, carne –, com o fim de atrair pássaros. Logo muitos pardais e até um corvo vieram furtivamente ciscar diante de meus olhos.

Um dia, para minha surpresa, apareceu um cachorro grande entre as árvores. Postou-se a uma distância respeitosa das janelas, farejou o ar e, quando o chamei, pôs o rabo entre as pernas e fugiu com ar triste. Pensei: "Esse aí também deve ter provado o carinho dos homens!". Nos dias que se seguiram, ele voltou e aproximou-se um pouco mais. Para não o amedrontar, eu ficava escondido e jogava do lado de fora três quartos de minhas copiosas refeições. Por fim, pouco a pouco, ele se familiarizou comigo. Às minhas palavras de amizade ele se dignou responder balançando a ponta do rabo e foi embora, fazendo-me compreender que deveria me contentar com aquilo naquele dia. Dei-lhe razão, porque, por experiência própria, eu estava decidido a ser um pouco mais circunspecto nas escolhas de minhas afeições se o céu me ajudasse a recuperar a liberdade algum dia.

Aquele cão tinha alma muito distinta. Mesmo esfomeado, comia com delicadeza, parecia humilhado por recolher a comida do chão, mastigava bastante e nunca roía os ossos. Certamente, devia guardar um grande rancor no coração. Por que, por exemplo, não se deixava alimentar pela piedade das pessoas? (Sabe-se que em Constantinopla cada muçulmano tem seus cachorros de rua que os acompanham uma vez por dia à padaria, onde recebem seu naco de pão.) Será que achava aquilo desonroso? Será que preferia percorrer os campos para encontrar comida mais independente? Ou talvez lhe repugnasse a abjeta promiscuidade de seus congêneres?

Eu o batizei *Lobo*, nome conforme à sua vida selvagem e digna, e fui prodigiosamente prudente até obter dele um início de amizade. Ele foi avaro em suas aproximações; mas cada um tem sua vida, suas feridas, sua própria filosofia; eu respeitava a reserva dele. Para provar-lhe que o compreendia, deixei de jogar a carne diretamente no chão e passei a embrulhá-la em papel. Ele notou, provavelmente, porque pela primeira vez decidiu sentar-se sobre as patas traseiras e me olhar de frente, mas mantendo-se fora do alcance de um pedaço de pau.

Lobo era todo castanho, sem raça definida e razoavelmente robusto. Quanto à limpeza... bom, faz o possível quem leva vida dura... Seus grandes olhos negros se mantinham um pouco fechados demais para as tristezas da vida – certamente para enxergar melhor –, e a expressão deles era indefinível. Em todo caso, não eram ternos nem indulgentes. Frente a frente, eu censurava sua fria serenidade, sua calma obstinada:

– Meu pobre *Lobo*! – dizia-lhe eu, com a mão desesperadamente estendida entre as barras, mendigando um sinal de confiança. – Meu pobre *Lobo*, você sofreu tanto assim para seu coração ficar tão duro? Quero crer que sua pele conheceu outrora o avesso da afeição dos grandes e que você também teve um belo narguilé, um bracelete, uma espingarda e uma égua; depois a doença e os médicos, mas, afinal, hoje você é livre, enquanto eu estou preso e sem esperanças atrás destas grades. Vamos, meu irmão *Lobo*, aproxime-se e deixe-se acariciar!

Não pretendo dizer que na Turquia os cachorros falam romeno, mas posso afirmar que meu *Lobo*, depois de escutar durante longas semanas meus lamentos desesperados, veio um dia, corajosamente, pousar a pata em minha mão. E foi naquele dia que recebi o mais sincero aperto de mão de minha vida.

Fui feliz ou – se preferir – senti novamente os bafejos da alegria que só visita os corações imortais, qualquer que seja a dor que os devaste. Mas me abstinha de denunciar minha amizade com *Lobo*. Para que a denúncia não viesse imprudentemente da parte dele, eu o levara a entender que não havia nada para comer quando as janelas estivessem fechadas. Ele entendera tão bem que depois, vendo-as fechadas, dava meia-volta ainda longe e ia embora. Da mesma forma, em nossas conversas, quando eu lhe dizia: "Vá, meu amigo, agora, vá!... Volte amanhã para me ver", ele partia assim que eu fechava a janela; ia com dignidade, amistosamente, sem se ofender.

Eu recebia o bei Mustapha, assim como seus criados, em horários regulares para me visitar ou me servir. Dado meu estado de nervosismo, essas recepções eram breves. A presença do bei, mais particularmente, me fazia perder as estribeiras, e ele mal entrava e eu já dava um jeito de escapar. O aposento dele era contíguo ao meu, mas uma grande sala de fumo nos separava. Para mais segurança, eu fechava o meu à chave.

Com a alegria trazida por *Lobo*, meu humor mudou. Tornei-me mais conciliador. O bei correspondeu cobrindo-me de favores. Assim, tive permissão de passear todos os dias no parque, acompanhado de meu criado, é claro.

Mas dois de seus favores, sobretudo, me foram funestos e tiveram consequências incalculáveis pelo resto de minha vida.

Primeiro, o bei introduziu na casa o álcool, que eu quase desconhecia. Por infelicidade, minha língua sentiu-se agradavelmente titilada pelo licor adocicado. Sob o império da ignóbil embriaguez, meu cérebro perdeu o senso da triste realidade, minha cabeça ficou à deriva. Achei aquilo muito consolador e pedi mais. Ele me serviu à vontade e serviu-se também. Embebedamo-nos. E, correndo ambos de quatro no tapete da grande sala de fumar, uivávamos como bichos. Ele, sobretudo, estava irreconhecível. Seu rosto não tinha mais nada de humano, e uma noite, quando ele quis dar uma dentada num dedo do meu pé, eu bati em seu rosto com o atiçador. Ele continuou calmo no chão, deixou o sangue correr sobre a boca e lambeu os lábios. Eu cuspi no seu rosto. Ele lambeu também.

Mas os dias seguintes a esses excessos eram atrozes para mim. Com a cabeça pesada, o rosto lívido, o coração pulsante, eu ficava gemendo na cama até meio-dia. A luz do dia me feria. O bei a afugentava com cortinas pesadas. E, assim que a sala era iluminada por inúmeras velas e perfumada pela mirra, a loucura recomeçava com mais força.

Uma noite, muito tarde, quando me encontrava no auge da embriaguez, quatro jovens munidas de pandeiros e castanholas irromperam na sala de fumo e logo deram início a uma dança estonteante. Meu coração palpitou de prazer!... Eram quatro verdadeiras Kyras, vestidas como princesas orientais, mas com o rosto levemente encoberto pelo véu.

Saltei de meu assento, derrubando café, taça de licor e narguilé, e lancei-me aos pés delas. Deitado no meio da sala, com os olhos fechados, senti por muito tempo o farfalhar de suas saias, e muitos perfumes desconhecidos se introduziram violentamente em minhas narinas, depois...

Depois perdi a consciência...

Quando acordei na cama, não quis acreditar em meus olhos, em meus sentidos, na odiosa realidade!... Quatro putas do pior lupanar, velhas, enrugadas, asquerosamente nuas, me acariciavam, me beijavam, me puxavam de todos os lados e cobriam-me o rosto e o corpo de baba. Eu me debati e gritei por socorro. Elas me cobriram ainda mais de carícias. Então me desvencilhei de seus braços e, empunhando as pinças da lareira, devastei todo o quarto, quebrando espelhos, vasos, estatuetas, bibelôs, tudo o que estava ao meu alcance.

Apavoradas, as repugnantes amantes fugiram, indo contar ao bei Mustapha que eu me recusava a ver as quatro jovens de antes naquelas "vadias" com cara de coruja.

Depois daquela noite de orgia, fechei-me 24 horas no quarto e me recusei a ver quem quer que fosse. A comida me dava náuseas; eu a ofereci toda a *Lobo*, ao qual eu confessava minha baixeza.

Enfim, repugnado até as entranhas pela abjeção à qual o bei queria me lançar, decidi me enforcar e chamei meu senhor para dizer-lhe que, se não consentisse em me libertar, eu poria meu plano em prática de qualquer maneira. Responderam-me que o bei havia partido em uma viagem de dez dias. Aquela notícia inesperada foi para mim uma grande surpresa e um imenso alívio; imediatamente, minha cabeça se fixou na ideia de fuga.

Estávamos no mês de março. No dia seguinte à partida do bei, eu passeava pelo parque, escoltado pelo criado, quando de repente me acudiu uma pergunta: "*Por onde o cachorro entra no parque?*". O parque era cercado por muralhas antigas e altas, impossíveis de escalar, e o portão de entrada estava sempre fechado. Deveria, portanto, existir uma brecha em algum lugar. Discretamente, pus-me a observar e, de fato, ao longo do muro coberto de hera e mato, notei um local onde as folhas estavam pisoteadas. Com o pretexto de uma necessidade urgente, deixei meu acompanhante indesejado na trilha, penetrei entre os arbustos e descobri que na base do muro havia ocorrido um desmoronamento recente que abria uma ampla passagem para a área menos frequentada do campo. Identifiquei o lugar: ele se encontrava diante das minhas janelas.

Na mesma noite, prisioneiro daquela verdadeira fortaleza, meu cérebro se inflamou. A salvação estava lá, a duzentos passos do meu quarto. Como passar pelas grades fixadas em sólido caixilho de carvalho?

Até a meia-noite, com a luz apagada, experimentei: esgotei-me, primeiro, querendo afastar as barras, depois, entalhando com meu canivete a base do caixilho para tentar arrancar o ferro. Trabalho perdido! Fiquei desesperado. Do lado de fora: lua cheia, natureza calma, espaço, liberdade... Aqui: prisão, libertinagem, tirania... Eu via a chegada do bei e o recomeço da sarabanda com todo o seu cortejo. Sentia-me numa voragem. O quarto me parecia uma jaula infernal devastada por demônios. Um frêmito glacial atravessou-me as costas, suores frios inundaram meu rosto, um tremor furioso tomou conta de meu corpo e o sacudiu a ponto de eu morder a minha língua, que sangrou.

O relógio marcava duas horas da manhã. Silêncio sepulcral em toda a casa.

Num repente, peguei pedaços de lenha e papel, fiz uma pilha no vão da janela e ateei fogo. Pouco depois, com todos os membros tremendo, assustado com meu ato, fiquei vendo o caixilho ser devorado pelas chamas, o quarto se encher de fumaça e o parque clarear. Apertei a mandíbula com as duas mãos para não gritar por socorro; com um esforço supremo, apanhei um atiçador, arranquei duas barras, que caíram para o interior com brasas. Depois, febrilmente, reuni meu tesouro e pulei para o parque, onde me pus a correr a toda a velocidade em direção ao muro!...

Mas em meu afobamento, e atrapalhado pela escuridão, não consegui encontrar a brecha na primeira tentativa. Então, em pânico, perdi a cabeça, corri para a frente, para trás, revirei os galhos, ensanguentei-me o rosto e as mãos até que, enfim, com um grito de alegria, encontrei a passagem e pulei para fora!

Duas horas depois, graças a belas moedas de ouro, eu me encontrava na costa asiática e, de lá, favorecido pela aurora, contemplava o cume direito de Pera, onde imensas labaredas se erguiam vingativas, em direção ao céu!… Era mais um incêndio na Constantinopla devorada por incêndios…

Na noite daquela manhã libertadora, uma diligência me depositava na porta de um albergue, numa pequena comuna turca; duas noites depois, eu dormia em Esmirna e, mais oito dias, eu fumava um bom narguilé no terraço de um grande café de Beirute.

Mas não acabou…

Agora eu me considerava apto a ver a vida com clareza e a não mais me deixar lograr, tinha 16 anos e experiência. Essa experiência dividia toda a sociedade em três categorias: "primeiro, seres doces e afetuosos como Kyra e mamãe; em segundo lugar, brutos como meu pai; por fim, outros que são generosos à maneira do bei Mustapha. É preciso tomar cuidado".

Naquele terraço, cuidei de não ficar muito perto de jogadores de xadrez com jeito simpático. Pensava em meu pobre *Lobo*, que tinha demorado tanto para aceitar meus carinhos, e fiz como ele, resguardei-me a todo momento das mãos que se estendiam para acariciar minhas bochechas de adolescente.

Ai de mim! Resguardei-me tão bem, tão bem, que, sem me dar conta, fui cair em outra armadilha; porque a vida não se encaixava inteira em minhas três categorias.

Eu tinha alugado um quarto bem em cima do belo terraço do Grande Concerto-Variedades, na única praça pública de Beirute. O café ficava cheio, desde a manhã até a noite, num ambiente extremamente cosmopolita; mas, à parte os elegantes do país, que eu evitava, o que mais seduzia naquele lugar era a trupe dos artistas que se apresentavam nas Variedades. Homens ou mulheres, jovens ou velhos, bonitos ou feios, todos eram cheios de vida. Por toda parte, risadas expansivas, por toda parte, gracejos alegres. Para cada um dos frequentadores, eles tinham uma palavrinha lisonjeira, e todos ficavam satisfeitos. Como eu era um desses frequentadores, tive também minha palavrinha. E fiquei bem satisfeito.

Eram artistas italianos, gregos e franceses. Moravam no mesmo hotel que eu. Num corredor estreito, em frente ao meu quarto, morava um casal grego que cantava muitíssimo bem. O homem me desagradava, mas a mulher era de babar! E eu me babava todo por ela, às escondidas. Ela percebeu. Sozinha, quase despida, fazendo a toalete, sua porta encontrava-se sempre aberta nos horários em que eu saía. Aquilo me constrangia muito e eu fechava os olhos o máximo que podia; mas algo mais forte do que eu os abria.

Eis que um dia, ao nos cruzarmos na escuridão do corredor, ela me tomou nos braços, deu-me um beijo bem bom e disse:

– É muito tímido esse rapaz! É preciso encorajá-lo!

Atordoado com essa aventura, fiquei pensando em meu quarto: “Bem! Que mal pode resultar de um beijo dado por uma mulher num *rapaz*?”. Porque eu era agora um “rapaz”. Ela havia dito; prova disso eram minhas roupas, minha independência, meus aperitivos caros. Somente minha razão não servia de prova, porque fui desajuizado. Mas quem, na vida, é embaraçado pela razão?

Uma tarde, eu contemplava de minha janela a multidão que formigava na praça; pensava na interpretação, na voz e nos gestos da atriz, lembrando-me dolorosamente das ingenuidades de Kyra, quando a porta se abriu e a cantora entrou. Tive medo.

– Não tenha medo, meu menino: *ele* está lá embaixo, jogando a dinheiro, aposta alta.

E enlaçou meu pescoço. Eu protestei:

– Não quero que a senhora fique aqui!

Continuei ao lado dela na cama e não me sentia lá muito mal.

– Como? Está me mandando embora? E eu que o amo e achava que era amada! – disse ela ternamente, abraçando-me.

Não sei como, ao mesmo tempo que me acariciava, ela abriu a porta e apanhou rapidamente uma bandeja em que havia uma garrafa de vinho estrangeiro e sequilhos. Achei tudo delicioso! Ela pediu que mandassem mais. Eu topei, um pouco por gula e principalmente por bravata. E mais carícias! E mais beijos!

Mas percebi que ela bolinava um pouco demais em mim e enrubesci.

– Sabe, meu franguinho? – disse ela. – Você não serve para nada! Na sua idade!

E, para me deixar à vontade, mudou de assunto:

– Você é *raia*?

– Não sei...

– Mas que documentos você tem?

– Eu não tenho documentos.

– Como assim? Você viaja pela Turquia sem documentos? Mas isso é muito imprudente, meu amigo: você pode ser preso!

Fiquei apavorado. Se me dissessem que a polícia do bei Mustapha estava batendo à porta, eu não teria ficado mais assustado.

Roguei que ela não contasse a ninguém. Ela me prometeu proteção. De novo proteção! Que blasfêmia! Então não havia jeito, em lugar nenhum, de viver livremente, sem proteção?

De novo fui dominado por ideias sombrias. Ela acariciava meus dedos:

– Que anéis bonitos você tem! Não me dá um de presente?

Não pude, naturalmente, recusar um anel à minha protetora.

Minha vida perdeu o gosto. E não havia nem quinze dias que eu a saboreava livremente. Uma mão invisível, longa, de Constantinopla a Beirute, ameaçava mais uma vez minha liberdade.

Mas à noite, depois daquele encontro, uma mão bem visível e mais próxima me cobrou uma conta de vinhos estrangeiros e sequilhos que equivalia a um mês de pensão. Pagando aquela conta, eu pensava: "Com isso e meu anel, percebo que minha liberdade está enferma".

Alguns dias depois, soube até que ponto.

Inseparáveis no aperitivo, cantora e esposo tornaram-se logo meus comensais e quase meus pensionistas. Um dia, estávamos jogando trique-traque, um policial se aproximou e me disse:

– O senhor mora aqui?

– Sim, senhor – disse eu sufocado.

– Pois bem! Tenha a bondade de ir amanhã cedo ao posto de polícia para uma vistoria dos documentos.

E, despedindo-se graciosamente de meus companheiros, foi embora. Por minha vez, senti que a terra se abria debaixo de meus pés.

– Não se preocupe! – disse minha protetora. – Meu marido irá agora mesmo dizer ao *mamur*[53] que deixe o senhor em paz. Eles são amigos.

---

53 Chefe de polícia. [N. E.]

Com que efusão eu lhes agradeci!

De fato, não fui mais incomodado pela polícia. Muito agradecido, eu até pensava um dia poder encontrar outro meio de provar-lhes minha gratidão além de oferecer-lhes almoços, quando ele próprio veio me apresentar a oportunidade:

– Não tenho sorte no jogo, meu amigo – disse ele à queima-roupa. – Poderia me emprestar 2 liras turcas?

– Claro.

No dia seguinte, ele teve tanto azar quanto na véspera e me pediu mais 2 liras. No dia depois daquele, mais 2. No fim de uma semana, sua falta de sorte me deu o que pensar porque, naquele ritmo, minha fortuna minguaria em menos de três meses. Na noite daquela mesma sadia reflexão, eu tomava o caminho de Damasco em companhia de dois grandes comerciantes de tapetes.

Aos solavancos em um canto da *harabia*[54], eu divagava sobre a complexidade da existência:

"Agora", dizia com meus botões, "preciso tomar cuidado com mulheres que dão beijos em corredores escuros."

Damasco foi para mim um verdadeiro *caminho de Damasco*; minha vida mudou completamente.

Naquela cidade, Deus parecia ter peneirado toda a poeira cinzenta e algodoada dos quatro cantos do mundo; quando desembarquei, pensei que deixaria minha alma naquele lugar.

Eu vestia roupas de citadino grego pobre para passar despercebido. As outras peças, enroladas em um lenço grande, eu levava debaixo do braço, enquanto as joias e as liras turcas estavam no *kemir*, entre a pele e as roupas. Assim disfarçado, senti-me a salvo de qualquer "proteção" não desejada; e pelas ruelas, que são verdadeiros

54 Ruína, em turco. [N. E.]

túneis por entre as casas, saí a procurar um quarto barato do lado da cidade chamado *Cadem*. O hospedeiro grego me respondeu que, para dormir em um lugar gastando pouco, era preciso alugar um quarto compartilhado entre duas pessoas. Aceitei. Quando fui vê-lo e depositar minha trouxa de roupas, perguntei quem era o companheiro que dormia na outra cama.

– Um homem como você! – disse ele carrancudo.

Sentia-me sufocado pela angústia. Meu país, Kyra, mamãe mergulhavam numa lonjura tenebrosa, desaparecida para sempre; e eu, transplantado para sempre, o que procurava naquela cidade sinistra? Por quais meios ainda esperava encontrar minha irmã? E como faria para ganhar a vida no dia em que meu dinheiro acabasse?

Além disso, eu não tinha documentos. Outro problema grave. Eu podia ser preso. Quem me tiraria da prisão?

No pátio da hospedaria, em torno de uma fonte florida, sentados à turca, muitos conversavam, fumavam, bebiam uma aguardente leitosa e pareciam felizes. Aquelas pessoas estavam em casa. Conheciam-se, ajudavam-se, tinham alegrias e dores comuns. E eu? O que eu era para elas? Um desconhecido. Quem entra no quarto onde um desconhecido está morrendo (de doença ou de tristeza) para perguntar-lhe se seu coração deseja alguma coisa?

Instintivamente, eu punha a mão no *kemir*, onde guardava o ouro, meu único amigo! Mas o ouro é um amigo que se vai sem arrependimento, sem pena, como um traidor, e eu não sabia o que fazer para que ele voltasse ao *kemir*. Outra coisa seria uma Kyra! Ela não teria me deixado por nada no mundo. Éramos inseparáveis. Havia outra Kyra entre todas essas pessoas que enchem as cidades e os vilarejos? Talvez. Mas elas tinham seus Dragomires e, para elas, eu era um desconhecido que passa, que se olha por curiosidade e se esquece.

Para me consolar, pedi um copo de aguardente, depois outro. A hora do jantar chegou. Comi uma refeição sumária e tomei um copo de vinho, depois outro. E, com o coração pesado de incerteza, subi para o quarto.

Lá, um homem na casa dos 30 anos, meio despido, estava sentado na beirada de sua cama. Um candeeiro ardia na mesa. Duas cadeiras. As camas, de limpeza duvidosa. Um espelho embaçado. Nenhum lavabo.

Desejei-lhe boa-noite em grego e examinei minha cama.

– É preciso afastá-la da parede – disse ele como a um velho conhecido. – Há percevejos. E precisamos deixar o candeeiro aceso a noite toda: os percevejos, como as corujas, temem a luz.

– Percevejos? – perguntei. – Ignoro totalmente esses animais. O que é isso?

– Você não sabe o que é percevejo? Pois bem, vai ficar sabendo esta noite. Mas, diga lá, onde você dormiu até hoje para não saber disso? Eu, ao contrário, não sei o que é uma cama *sem* percevejos!

– Percevejo machuca? – perguntei apavorado com aquele novo inimigo.

– Um pouco – respondeu ele com indiferença.

Cansado, queria me despir e deitar, mas um constrangimento ainda desconhecido me impediu de fazê-lo diante daquele estranho. Ele percebeu, porque foi diminuir a chama; assim que deslizei sob o cobertor a meia-luz, ele a regulou e tornou a aumentá-la.

– Você até parece uma moça! – disse ele, rindo.

Tal gentileza deu-me confiança e dormi aquela noite, não muito infeliz, agarrado a meu *kemir* sob o travesseiro.

Na manhã seguinte, como na véspera, eu continuava sem saber o que era uma picada de percevejo, mas meu companheiro me mostrou uma mancha de sangue no travesseiro. Quase alegre, vesti-me galhardamente diante dele.

Sons de vozes e gargalhadas subiam do pátio. Olhei pela janela; vi alguns homens agrupados em torno da fonte, fumando grandes chibuques e sorvendo ruidosamente o café. O pátio estava regado e varrido. Um ar fresco entrava nos pulmões, uma luz amarelada, misteriosa, toda oriental, pairava sobre as coisas e os seres.

Logo me entusiasmei. O terno inimigo que dormia em meu coração despertou:

– Aceita tomar café comigo? – perguntei ao desconhecido.

Embaixo, conversamos, tragando nossos chibuques como chaminés. E ele foi o primeiro a contar suas dores: sem trabalho, sem dinheiro, endividado. Então, eu lhe disse que também tinha uma aflição:

– Perdi meus documentos. Se souber como posso arranjar outros, eu lhe darei 1 lira turca de comissão.

Ele se animou:

– Sim, é possível! – disse bem baixo. – Há aqui um "escrivão público" que os arranja, mas cobra muito dinheiro.

– Quanto? – bradei feliz.

– Quatro liras.

– Eu pago! E para você a lira prometida!

Uma hora depois, um escriba com uma basta barba branca jurou pela luz de seus olhos, diante de um funcionário público, que me vira nascer em Istambul, no ano tal da Hégira, que me chamava *Stavro* e, portanto, era "*raia*, súdito do sultão, nosso amo".

O funcionário escutou sorrindo: depois, apanhando uma pena, cobriu um longo papel com bela caligrafia árabe, assinou, fez o velho assinar, aplicou um selo imperial e ofereceu-me o precioso talismã.

– É preciso dar a ele um *bakchiche* – sussurrou-me o escriba.

Coloquei 1 lira na mesa.

– Não é suficiente – disse o velho.

Acrescentei mais uma, sempre indo até um canto remexer no meu *kemir*. Do lado de fora, paguei à falsa testemunha de meu nascimento. Depois, sozinho com meu companheiro, saímos pela cidade para comer, beber e passear.

À noite, ambos embriagados e felizes, voltamos para nossos catres, onde, zombando dos percevejos, dormi como uma pedra, tendo o cuidado, mesmo assim, de esconder bem meu *kemir* debaixo da cabeça.

Quando acordei, espantei-me ao me ver sozinho no quarto! Mas fui tomado por algo diferente de espanto quando percebi que meu *kemir*, amigo traidor e sem coração, também havia me abandonado, deixando-me com 3 *megdedies*[55] no bolso e o maldito talismã!...

Já nem era o caso de chorar! Agora era preciso morrer...

Guardo até hoje, aqui, acima do estômago, o nó, o vazio que se formou em meu peito naquela manhã e quase me matou.

De camisa e calção, dei voltas e mais voltas e, sem saber por quê, debrucei-me na janela. No pátio, como no dia anterior, as mesmas pessoas fumavam ao redor da fonte: pareceram-me coveiros guardando um féretro. E automaticamente, desejando descer a escada, joguei-me no vazio; logo me levantei, com o rosto ensanguentado, sufocado; quando o dono e os fregueses chegaram, eu disse:

– O... *kemir*...

Fizeram-me perguntas, todos de uma vez e sobre todas as coisas. Eu não consegui dizer nada além de:

– O *kemir*...

– Pois bem, o que tem o seu *kemir*?

---

55 1 *megdedie*: 4 francos e 20 centavos. [N. A.]

– O *kemir*...

Jogaram água em minha cabeça, lavaram-me o rosto cheio de sangue, forçaram-me a tomar bebida alcoólica.

– Fale agora! – gritou o dono da hospedaria, sacudindo-me pelos ombros.

– O *kemir*... – eu gemia sem parar.

– Com certeza – concluiu ele –, o vigarista que dormia na outra cama deve ter roubado o *kemir* dele como agradecimento pela comilança de ontem!

E, como eu queria o tempo todo me levantar e caminhar, ele me obrigou a ficar sentado numa cadeira, crucificado por minha dor, com as mãos pendendo; tentou me consolar:

– Bom... é um azar. Roubaram seu dinheiro. Mas não precisa se matar por isso! Não vai ganhar nada com isso... Quantos *tschereks* você tinha?

– O *kemir*... – repetia eu.

– Chega! Esse garoto não sabe mais falar outra coisa além de "o *kemir*".

Dizendo isso, subiu até o quarto e voltou com minhas roupas.

– Vamos, vista-se!

Deixei-me estar, como um paralítico, e ele me vestiu dos pés à cabeça. Depois, revirando meus bolsos, encontrou o documento de identidade e o dinheiro:

– Aqui está! – exclamou ele. – Você não está tão pobre assim! Tem 3 *megdedies*... e se chama Stavro. Pois bem! Stavro, não se morre de fome com esse dinheiro. Que trabalho você sabe fazer?

– O *kemir*...

– Ôôô! Maldito *kemir*! – bramiu ele irritado.

E, devolvendo tudo aos meus bolsos, afastou-se, dizendo:

– De qualquer maneira, você não tinha naquele *kemir*

o suficiente para comprar um camelo, porque, nesse caso, não teria vindo dormir na minha hospedaria.

Eu tinha no *kemir* o suficiente para comprar muito mais que um camelo. Tinha 83 liras turcas de ouro, nove anéis com pedras e o relógio! E com aquela fortuna, sim, eu tinha ido dormir na sua hospedaria!...

Não é verdade que o ser humano é uma criatura que compreende a vida. A inteligência não lhe serve para grande coisa; o fato de falar não o faz deixar de ser animal. Mas, quando sua estupidez ultrapassa até a irracionalidade dos animais, é aí que compete adivinhar e sentir o sofrimento do próximo.

Acontece-nos, por vezes, ver na rua um homem de rosto pálido e olhar perdido, ou uma mulher aos prantos. Se fôssemos seres superiores, deveríamos parar aquele homem ou aquela mulher e oferecer-lhe prontamente nossa assistência. Essa é toda a superioridade que eu atribuiria ao ser humano sobre o animal. Não é o que acontece!

Já não me lembro muito bem – porque se passaram cinquenta anos – como deixei a cadeira e o pátio da hospedaria, por onde passei, com a cabeça vazia, para atravessar toda a cidade. Mas sei que nem sequer uma mão veio pousar sobre o ombro daquele adolescente de olhos desvairados que caminhava como um autômato; não apareceu sequer uma voz, um rosto humano que se interessasse por mim; e foi nesse estado de inconsciência que me encontrei, numa bela manhã de abril, nas alamedas do parque damasceno chamado *Baptuma*.

Voltei à consciência graças à raiva e aos xingamentos de um cocheiro árabe que quase me atropelara. Então apalpei a cintura, onde já não estava o *kemir*; senti meu coração debater-se como um pássaro na mão, ao mesmo tempo que uma bola subia de meu estômago e me cortava a respiração. Esse movimento tornou-se um tique atroz. Toda vez que punha a mão na cintura, meu coração era atravessado por um pavor que me sufocava, e eu precisava constantemente me convencer de que era verdade, de que eu era definitivamente vítima daquele delito, de que já não possuía meu *kemir*. Nas grandes desgraças que atingem os corações emotivos, estes dificilmente se habituam à ideia de que a infelicidade aconteceu e não há mais nada que fazer.

Ao meu lado passeava muita gente; casais felizes, mulheres com crianças, senhores gordos, calmos e contentes. Olhavam-me no rosto e passavam. Não viam nada. Não compreendiam nada. Já eu morria. Eu estava sozinho a suportar uma infelicidade insuportável para minha idade, meu coração e minha inexperiência.

Continuava caminhando. Saí do bosque. A área rural síria, com suas estradas lamacentas e os casebres dos beduínos, pareceu-me vazia de vida, semelhante ao meu corpo. Antes de fixar o olhar em alguma coisa, minha mão se movia para a cintura, meu espírito repetia: "Já não tenho meu *kemir*...". E mais uma vez minha garganta se asfixiava.

Um menino árabe, montado num asno, passou lentamente bem ao meu lado, puxando por uma corda um camelo carregado de grandes fardos, que oscilavam. A feiura daquele animal, de olhos achatados de serpente, amedrontou-me. Um pouco mais além, um beduíno de barba preta, desgrenhada, de rosto acobreado, chegou a galope, parou o cavalo e fez-me uma pergunta em árabe. Eu não soube o que responder; ele desapareceu, deixando-me uma impressão desagradável, porque me lembrava o belo rosto de Cosma.

Logo adentrei um vilarejo de habitantes primitivos, onde homens, sentados no chão, remexiam a lenha usando os pés descalços com a habilidade das mãos. Mulheres vestidas de andrajos negros, sujos, e com o rosto velado – verdadeiros espantalhos – carregavam cântaros ovais na cabeça, enquanto crianças imundas e magricelas brincavam e gritavam como diabretes. De um forno feito de barro, meio enterrado na terra, um homem tirava pãezinhos quentes, achatados como pratos de sobremesa. Um cheiro de massa crua impressionou meu olfato.

Eu ia sair do vilarejo quando percebi que um cachorro me seguia docilmente a um passo dos calcanhares. Parei. Ele parou: olhamo-nos nos olhos. Era um cachorro de pelos cinza-escuros, do tamanho do *Lobo*; mas, coitado, não tinha nada da dignidade, do ar independente, da calma consciente do outro. Baixou a cabeça com humildade e encolheu-se de medo. A expressão de seus olhos era incerta, humilde e perturbada. Tive pena e acariciei-lhe a cabeça. Ele lambeu minha mão. Ele não era difícil.

Voltei ao forno e, por 2 *meteliks*, comprei quatro daqueles pãezinhos achatados. Comprei mais uma vez a mesma quantidade, coloquei-os nos bolsos e retomei minha caminhada sem destino. Ele me seguiu como antes.

Diante de meus olhos apareceu um morro arenoso, inteiramente estéril e deserto. Eu o alcancei em pouco tempo e me pus a subir a encosta; mas logo fiquei sem fôlego e sentei-me ao lado do cachorro. Diante de meus olhos, Damasco, semeada de cúpulas e minaretes que se projetavam sobre a vasta extensão dos telhados, pareceu-me um imenso cemitério sepultado sob a poeira branca.

Não me chegava nenhum ruído. No fundo de meus ouvidos, as pulsações violentas de meu coração maltratado. Meus olhos se enevoaram. Damasco e o mundo desapareceram. Contemplando o passado, revi luminosamente a casa de minha mãe. A doce existência daquele tempo tão distante se insinuou sob minhas pálpebras fechadas. Revivi todos os dias felizes de outrora nos mínimos detalhes, desde o instante mais obscuro de minhas lembranças até a noite terrível do homicídio, até o rapto.

E, de repente, apoderou-se de mim a ideia de que minha infelicidade e a de Kyra eram sofrimentos expiatórios por termos desejado, provocado aquele crime e servido de instrumentos para sua execução. Nós havíamos desejado a morte do pai e do irmão. Aquilo só podia ser um pecado mortal. Agora Kyra e eu éramos punidos por Deus: ela com a escravidão, eu com uma desastrosa liberdade...

Abri os olhos e me assustei. O céu, no pôr do sol, estava vermelho como sangue. Nuvens baixas, que quase atingiam a terra, cor de sangue coagulado, moviam-se lentamente, assumindo todo tipo de forma fantástica, uma mais assustadora que a outra.

Diante da pequena gruta onde estava agachado, deixei-me desabar, com o rosto no chão, escondido entre as mãos; orei longamente, pedi perdão a Deus, a meu pai, à alma de meu irmão assassinado.

E a noite engoliu em suas trevas o corpo de um adolescente arrependido, buscando consolo no desamparo de um cão enviado pelo acaso.

As orações e as penitências trazem alívio à alma do crente. Conheci algumas horas de calma. Mas a proximidade da aurora, nas regiões arenosas, traz um frio glacial. Quando o sol surgiu no horizonte do Levante, eu estava tiritando, achei que tivesse pegado uma friagem que me custaria a vida. Eu me dizia: "Se eu morrer neste momento de arrependimento, Deus me perdoará, minha alma não irá para o inferno eterno".

Levantei-me e tomei o caminho de volta. Na estrada, comi um pãozinho; os três outros dei ao cachorro, que estava mais faminto que eu.

Em pouco tempo, o sol começou a esquentar minhas costas; então senti brotar em mim uma paz benfazeja. Cheguei ao vilarejo. Ele me pareceu menos feio. Lá, o cão me deixou. Isso me causou certa pena; acariciando sua cabeça, separei-me dele como de alguém muito amável que se conhece numa breve viagem.

Sozinho, então, e ainda com o aperto na garganta quando pensava no *kemir*, tomei o caminho do bosque de Baptuma e de Damasco. Uma longa caravana de camelos atravessou meu caminho, sem me amedrontar. Entrei nas alamedas de Baptuma pouco antes do meio-dia, com um clima resplandecente; fiquei impressionado com o movimento. De carro ou a pé, circulavam por toda parte homens com belos trajes turcos, mulheres jovens e belas, a maioria apenas com a parte de baixo do rosto ligeiramente escondida por um fino véu de tecido branco. Por todos os lados ouviam-se vozes sonoras, gargalhadas que lembravam o tilintar de copos de cristal tocados por uma vareta, conversas alegres. Fiquei deslumbrado com o encanto das vozes e com o pitoresco dos trajes; lembro que era sexta-feira, o domingo muçulmano. As saudações entre as mulheres eram raras, graciosas e discretas; mas, entre os homens, as efusões sentimentais, os salamaleques e os apertos de mão repetidos provocavam longas paradas dos transeuntes. Falava-se pouco turco; já o árabe predominava.

Fiquei muito tempo admirando aquele vaivém. Depois carros e pedestres rarefizeram-se. Sonhador, confuso e com o coração atormentado entre o desejo de viver, a sede de alegria, minha infelicidade, minha ruína, continuei a caminhar. Logo me vi sozinho; sozinho e triste. Um belo carro de dois cavalos vinha trotando em sentido contrário. Quando estava prestes a atravessar meu caminho, minha respiração parou, meu coração deixou de bater...

Kyra estava no carro...

Sim, acredito ainda neste momento que era minha irmã doce e amada! Era Kyra, como Nazim efêndi a tinha adornado, com seu véu, sua estupenda roupa de odalisca, de *cadâna* de harém, parecendo os retratos pendurados nas paredes!...

Cambaleei, bati palmas e gritei em romeno:

– Kyra! Kyralina! Sou eu, Dragomir!

A jovem sorriu sob seu véu transparente e me saudou com a mão enluvada, mas o cocheiro estalou o chicote; o eunuco que estava ao lado dele fulminou-me com o olhar, e os cavalos dispararam.

Achei que fosse morrer!... Sim, era Kyra; ela havia acenado!... E, sem mais, pus-me a saltar como um avestruz e a perseguir o carro, dizendo para mim mesmo: "Senhor todo-poderoso! Foi só confessar meu pecado e arrepender-me que tua graça me envia a irmãzinha perdida!".

Apesar de minha corrida, o carro se afastava perceptivelmente; quase sem ar, eu temia perdê-la de vista. Para minha felicidade, eu o vi, na saída do bosque, dirigir-se diretamente para uma suntuosa *villa* cujo grande portão se abriu de par em par, engoliu a comitiva e se fechou logo depois.

Gritei de alegria! Com todas as minhas minguadas forças, lancei-me para o portão e bati raivosamente com os punhos e os pés ao mesmo tempo. Logo uma portinha se abriu ao lado e um *cavas*[56] uniformizado apareceu.

– Kyra! – bramia eu, sem fôlego, em turco. – É minha irmã, quero falar com ela...

– O quê? O que você quer? – perguntou o *cavas* na mesma língua, detendo-me.

– A moça... que acaba de entrar na carruagem é... minha irmã... Kyra.

– Que "Kyra", *brê*[57]? Está louco?

56 Espécie de guarda-costas. [N. E.]

57 Maneira de interpelar um desconhecido. [N. E.]

De fato, eu estava louco, porque eu parti para cima do *cavas*, passei rapidamente por ele e entrei no pátio; mas não tive tempo de ir longe, pois surgiram dois homens, ao mesmo tempo que de uma janela a voz rouca de um velho gritou:

– O que significa esta baderna? Deem umas chicotadas nesse *ghiaour*[58] e no *cavas* que o deixou entrar!

Fui arrastado para fora do pátio, estendido no chão e açoitado com um nervo de boi que me fendeu as calças e as nádegas. Depois os carrascos trancaram o portão, deixando-me meio desmaiado de dor.

Foi esse o ponto culminante de meu calvário... Aí chegaram ao fim as tristezas de mais de três anos de infância atormentada... Porque, embora Deus tenha sido cruel comigo e me recusado Kyra, houve mesmo assim uma providência. Essa providência enviou-me um amigo.

Soerguendo meu corpo ferido, mal tive forças para arrastar-me até o outro lado da rua e desabei esgotado. Naquele momento, um homem de 40 a 50 anos, humildemente vestido em traje grego, levando em uma das mãos seu recipiente de *salep* e na outra uma cesta com as xícaras, aproximou-se de mim, pôs suas coisas no chão e, cruzando os braços, arrancou uma exclamação do fundo de suas entranhas:

– Ah! Meu pobre garoto! – disse ele em grego. – Fui testemunha de sua flagelação, assisti a ela impotente! Que ofensa você cometeu contra esses pagãos para ser maltratado dessa maneira?

Olhei para seu rosto impregnado de sinceridade, sua barba desalinhada e encanecida, seus olhos bons e pesarosos sob a fronte enrugada; e, tomado de raiva, gritei-lhe, revoltado contra meus próprios sentimentos:

– Vá para o inferno! Deixe-me em paz!

---

58 Cristão, em turco. [N. A.]

E desatei a chorar. Sua bondade redobrou:

– Por que me manda para o inferno, meu filho?... Tenho pena de você de verdade, quero socorrê-lo em sua dor!...

– Deixem-me em paz, vocês todos, homens, com sua piedade e seu coração!... Já tive uma boa prova deles!... Quero morrer sozinho!...

– Ah! Que infeliz! Tão jovem e já está farto da vida!... Mas mesmo assim beba esta xícara de *salep* quente... Vai reanimá-lo um pouco.

Aceitei a xícara de *salep*, mas já não sabia em que acreditar. Que regra, que entendimento era preciso extrair de minha curta experiência, quando tantos homens, que haviam começado por se mostrar bons e generosos, terminaram por tornar-se baixos e criminosos? Sim, aos 16 anos eu conhecia essa baixeza da alma humana. E ainda não sabia tudo.

Não sabia, sobretudo, que as obras da criação são infinitamente complexas e variadas, que mil ignomínias sofridas não nos dão o direito de cuspir na humanidade inteira. Deus mesmo compreendeu isso quando, zangado com a humanidade pecadora, decidiu puni-la sem exterminá-la, já que salvou do desastre um patriarca justo e sua família. É verdade que a humanidade que sucedeu ao dilúvio não valeu mais do que a anterior, mas não foi culpa dela. É que Deus (como eu aos 16 anos) conhecia mal o mundo e não sabia o que fazia.

Eu soube, a partir do dia em que o destino me enviou Barba Yani, vendedor de *salep* e alma divina, que deve considerar-se feliz o homem que teve a chance de conhecer um Barba Yani na vida. Eu só encontrei um. Mas foi suficiente para fazer-me suportar a vida e, com frequência, bendizê-la, cantar-lhe louvores. Porque a bondade de um só homem é mais potente do que a maldade de mil; o mal morre junto com aquele que o exerceu; o bem continua a raiar depois do desaparecimento do justo. Como o sol que dispersa as nuvens e traz novamente a alegria para a terra,

Barba Yani fulminou o mal que corroía minha alma e encheu meu espírito de saúde. Não foi sem resistência de minha parte; não foi sem oposição vexatória; mas qual é o coração que, tão maltratado pela vida, é capaz de fazer frente à bondade explosiva?

Tive de ceder, e o providencial vendedor de *salep* conheceu todo o drama. Seu remédio foi rápido como um relâmpago.

– Stavraki! – disse-me ele, adotando prudentemente meu falso nome e criando um diminutivo para ele. – Primeiro, você precisa desistir de procurar sua irmã de maneira tão pouco sensata. Saiba que é mais fácil arrancar uma corça da boca de um tigre do que uma mulher prisioneira de um harém. E, se conseguir dominar essa fraqueza de seu coração, o resto será fácil como dizer bom-dia: você possui 3 *megdedies*; pois bem! Esse dinheiro é suficiente para comprar um *ibrik* para *salep* e xícaras, ou seja, isso que você está vendo em minhas mãos e que me permite viver livremente há vinte anos. Depois disso, com um *ibrik* pendurado num braço, a cesta no outro e Barba Yani ao seu lado, iremos garbosos percorrer ruas, praças, festas, feiras, gritando alegres: "*Salep*! *Salep*! *Salep*! Olha o *salepgdi*!". A boa terra do Levante se abrirá grande e livre diante de você, sim, livre, porque, diga-se o que se disser dessa terra turca absolutista, não há outra onde se possa viver com mais liberdade; mas com uma condição: você precisa se apagar, desaparecer na massa, não chamar atenção por nada, ser surdo e mudo... Então, e somente então, poderá entrar em qualquer lugar, invisível; as portas bem fechadas não se abrem quando as forçamos.

Já no dia seguinte, com os braços carregados do *ibrik* e da cesta de xícaras, eu gritava, valentemente, ao lado de Barba Yani: "*Salep*! *Salepgdi*!". Vi então de que maneira se faz voltar ao *kemir* o amigo traidor e sem coração que o deixou. Caíam moedas de todos os lados, a liberdade entrava em minha bolsa e, com o anoitecer, eu saboreava a alegria do homem que pode viver sem ter os bolsos repletos de ouro. Fumando nossos narguilés num terraço, embebia-me da bondade que raiava sobre toda a pessoa de Barba Yani. Fui-lhe grato e o amei como se ama um bom pai e um amigo. Eu morava na casa dele, trabalhava com ele; fazíamos as refeições juntos, as horas de vadiação aproveitávamos em comum e assim nos tornamos inseparáveis. Não demorou para que uma forte amizade nos ligasse, enxertando o jovem broto no tronco de árvore maduro. Barba Yani até se adiantou à minha curiosidade, revelando-me seu passado. Àquele passado não faltavam mácula nem amargura.

Ele fora *daskalos* (professor primário) numa cidadezinha da Grécia e cometera um erro passional que lhe havia custado dois anos de prisão e a perda do cargo. Ao sair da prisão, teve de deixar a cidade, vagar por muitas outras, negociar, conhecer reveses, fazer amizades, sangrar o coração. Outra aventura amorosa quase lhe custou a vida. Então partiu para a Ásia Menor e viveu na solidão, na independência, quase na sabedoria.

Era um homem que sabia falar e sabia calar; exercia a bondade sem se tornar bonachão e, quando não ia com a cara de alguém, era inútil insistir. Conhecia todos os dialetos do Oriente Próximo e usava o tempo livre para ler, zanzar e lavar suas roupas. Não me forçava a nada, apenas me mostrava o que era bom, útil, inteligente fazer. É a ele que devo o fato de saber escrever e ler o grego. Vendo-me tão fielmente ligado à sua vida, ele não mercadejou sua afeição. No início, eu o chamava de "senhor"; ele pediu-me que dissesse "Barba"[59]. Logo, esquecendo a perda de meu

59 Barba, "tio" em grego, aplica-se familiarmente a qualquer homem de mais idade com quem se simpatize; assim: Barba Yani. [N. A.]

kemir com seu precioso tesouro, eu me tornaria seu discípulo, seu único amigo e o consolo de seus dias de velhice. Mas, antes, restava-me ainda uma grande colina para subir. Nós a subimos juntos.

Eu havia esquecido a perda do *kemir*, mas não consegui me conformar com a de minha irmã. Eu amava Barba Yani, mas adorava Kyra. E, como eu estava certo de que ela estava detrás da porta onde eu havia recebido a sova, o demônio me aconselhara a voltar lá.

Estávamos em pleno verão, três meses depois do triste passeio por Baptuma. Escondido de Barba Yani, fiz várias visitas à *villa* maldita, rondava ao largo, espreitava, espionava. Nada. Outras mulheres saíam de carro, mas não Kyra.

Encorajado pela prudência de que me valia, decidi uma noite ser um pouco mais audacioso. Arranjei uma escada reta; favorecido pela escuridão, fui apoiá-la contra o muro alto que cercava o pátio. Queria encontrar um meio de enxergar o interior do harém, onde sabia que as mulheres circulavam sem véu. Mas só encontrei persianas fechadas; insisti, fiz a volta do muro, acabei encontrando uma janela iluminada. Era apenas um grande cômodo, ricamente mobiliado, onde não havia ninguém. Aguardei, com o coração disparado, no alto da escada, sempre esperando ver passar mulheres diante de meus olhos.

De repente, o degrau sobre o qual eu estava sentado rompeu-se e eu quase caí. Petrificado de medo, fiquei precariamente agarrado, até que um tremor brusco e violento veio resolver a situação... A escada foi-me arrancada, eu caí nos braços de um *cavas* que, sem dizer uma palavra, me derrubou com murros!

Fui amarrado, colocado numa carroça puxada por um asno e conduzido imediatamente a Damasco, onde fui posto em prisão preventiva.

As prisões preventivas, na Turquia daquela época, eram verdadeiras masmorras para os súditos otomanos. O infeliz que entrasse ali, sobretudo por delitos graves como o meu, nunca sabia quando seria julgado, a menos que uma pessoa influente corresse, com presentes, a implorar a graça de um potentado. Mas o que causava mais sofrimento não era tanto a perda da liberdade, e sim a horrível existência que se levava lá dentro, especialmente quando o prisioneiro era um rapaz. Na minha cela, éramos uma dúzia. A cama comum, uma longa fileira de tábuas nuas, ocupava três quartos do cômodo. A um canto, uma grande tina de madeira com tampa, onde cada um ia fazer suas necessidades, exalava um fedor asfixiante. Piolhos-do-corpo, piolhos-da-cabeça, incontáveis percevejos e ratos formavam por lá verdadeiros exércitos. Nem se perdia tempo matando-os; isso consumiria uma existência inteira.

As práticas mais odiosas ocorriam à vista de todos. Turcos, gregos, armênios ou árabes, eles já não eram homens. A abjeção humana era tamanha que o único termo de comparação possível era ela mesma, porque, de todas as criaturas da terra, somente o gênero humano pode degradar-se àquele ponto.

Foi nesse inferno terrestre, entre esses monstros, que caí. Que sorte inesperada para eles!

Ninguém tomou minha defesa, ninguém me protegeu, nem muçulmanos nem cristãos. Muito pelo contrário, lutaram pela presa fresca, arrancaram as barbas uns dos outros, ensanguentaram-se; armados, se entrematariam!... Assim, durante um mês, conheci as ofensas mais atrozes que se podem conceber...

Hoje não lamento ter passado por aquilo; foi assim que conheci o ser humano a fundo. Se permaneci bom a despeito de tudo que vi, de tudo que sofri, é simplesmente para prestar homenagem àquele que criou a Bondade, tornou-a rara e a pôs entre os brutos – única justificativa da Vida.

Eu me considerava um enterrado vivo; pensava na morte. Contava-se que alguns prisioneiros, não conseguindo suportar aquela tortura, tinham-se enforcado nas barras do respiradouro com tiras de suas roupas, à noite, enquanto todos dormiam. Eu estava decidido a fazer como aqueles mártires.

No entanto, uma voz interior me impelia à esperança. Eu sabia que não estava só no mundo como antes. Um homem de coração, um amigo raro, estava do lado de fora. Era pobre e sem protetores, mas bom e inteligente. Devia estar pensando em mim, trabalhando por minha soltura.

Eu estava com a razão. Um dia, a porta da cela abriu-se, o guarda entrou e, atrás dele, Barba Yani... Que imensa felicidade!... Somente a aparição de Kyra poderia ter-me deixado mais feliz. Mas, ao mesmo tempo, que tristeza! Aquele mês tinha embranquecido os cabelos do pobre homem! Atirei-me em seus braços, chorando. Em vez de misericórdia, diante daquela cena dolorosa, um grego gritou da cama em que estava deitado:

– Ah, velhinho! O menino é seu?... Boa mercadoria para o lugar! A gente se regalou! Foi você então que ficou com a melhor parte?

Pálido como cera, Barba Yani estreitou-me em seus braços e disse-me com a voz trêmula e abafada:

– Seja forte! Seja forte!... Amanhã você sairá daqui para ser deportado!...

– Deportado? – exclamei. – Separar-me de você?...

– É a pena mais branda que pude obter. Sua falta foi grave: você quis entrar num harém à noite. Além disso, console-se, eu o acompanharei. O mundo é grande, seremos livres e, com a condição de me dar ouvido no futuro, você será feliz em terras turcas... Agora, até logo... Esteja pronto ao amanhecer.

Não consegui dormir a noite inteira. Ao raiar do dia, soltaram-me. Dois soldados a cavalo, armados de fuzis e iatagãs, estavam à porta com uma carroça. Então vi que éramos três os condenados à deportação. Barba Yani estava lá, com nossos pertences. Carregamos tudo, e nosso comboio partiu para Diarbequir.

Uma vida de homem não se conta nem se escreve. Uma vida de homem que amou a terra e a percorreu é ainda menos passível de ser narrada. Mas, quando esse homem foi um apaixonado e, correndo o mundo, conheceu todos os graus da felicidade e da miséria, então, tentar dar uma imagem viva do que foi sua vida é quase impossível. Impossível para ele mesmo em primeiro lugar; depois, para os que devem ouvi-lo.

O encantador, o pitoresco e o interessante da vida de um homem de alma poderosa, tumultuosa e ao mesmo tempo aventureira nem sempre estão nos fatos relevantes daquela vida. É no detalhe que, com mais frequência, reside a beleza. Mas quem daria ouvidos ao detalhe? Quem o saborearia? E, principalmente, quem o compreenderia?

Eis por que sempre fui inimigo do: *Conte-nos alguma coisa de sua vida!...*

Há mais uma dificuldade: quando se ama, não se vive sozinho. Não se vive sozinho nem mesmo quando não se deseja mais ser amado, como é o meu caso hoje em dia. Isso é ao menos verdade para os apaixonados que não deixaram de viver da lembrança, porque não há lembrança sem presente. Não adianta querer morrer. Eu quis, sinceramente, muitas vezes na vida. Mas as belas figuras de meu passado apresentaram-se vivas, enterneceram meu coração, substituíram o amargor pela alegria e me obrigaram ainda e mais uma vez a buscar o bálsamo eterno no rosto das pessoas. Uma dessas belas figuras foi Barba Yani.

Não posso contar nada, ou quase nada, a respeito dele: oito anos de minha vida estiveram colados à dele... Diarbequir, Alepo, Ancara, Sivas, Erzurum, centenas de outras cidadezinhas e vilarejos foram percorridos por nossas duas sombras. Não vendemos apenas *salep*. Tapetes, lenços, cutelaria, unguentos, remédios, perfumes, cavalos, cães, gatos, tudo passou por nossas mãos, mas foi sempre o bravo *salep* que nos tirou da miséria. Quando um mau negócio nos deixava em apertos, íamos mais do que depressa buscar os *ibriks*, os pobres *ibriks* enferrujados. E então: "*Salep*! *Salep*! Olha os *salepgdis*!". A gente se olhava e ria...

A gente ria, sim, porque Barba Yani era um amigo incomparável; mas a causa do desastre era sempre eu, o incomparável desacertado. Entre diversos outros desacertos, lembro-me de um que foi crasso.

Havíamos acabado de empregar todo o nosso dinheiro em dois belos cavalos, comprados numa grande feira, a cerca de 15 quilômetros de Ancara. Estávamos contentes, tínhamos feito um bom negócio. Na estrada, de volta, eu – em parte pelo contentamento, em parte pelo cansaço – tive vontade de parar diante de uma taberna solitária. Era noite. Barba Yani se opôs.

– Deixe para lá, Stavraki! Vamos continuar até a casa. Lá, compramos uma bebida.

– Não, Barba Yani, aqui!... Só um minuto. É para *comemorar* a sorte.

O pobre homem cedeu. Amarramos os animais num mourão do lado de fora. E, sem tirar os olhos da janela, comemoramos com um copo. Depois outro. A fome nos atenazava. Comemos alguma coisa de pé mesmo. E uma garrafa de vinho que foi seguida de outra, porque tampouco Barba Yani desprezava a boa vida. Os corações se puseram em ação. Cantamos:

De novo entornou o copo!...
Se encheu de água-pé!...
Ah! Que bela besta ébria você é!...

Mas no meio da canção Barba Yani parou. Calmo, olhando para a vidraça escura, disse:

– Ah, sim, Stavraki, concluo que você é uma "bela besta ébria", porque as belas bestas que estavam do lado de fora não estão mais lá, ou estou enxergando mal!

Dei um salto e saí, mas só pude alcançar o ruído de um galope furioso ressoando na noite.

Uma hora mais tarde, titubeando na escuridão e caindo em todos os buracos, Barba Yani gritava à guisa de advertência:

– Você quis "comemorar a sorte"! Pois bem, agora ande a pé, maldito garoto teimoso! E, para se consolar, cante para mim: *De novo entornou o copo!*.

Que alegria sentir o coração palpitar na boa terra humana, naquela terra de qualidade superior que transmite a seiva vivificante! Pobre de quem ignora isso!...

Por anos a fio, quando minha vida e a de Barba Yani foram uma só, a própria natureza tinha feição acolhedora, fraterna, poética. Tudo me parecia bonito e digno de ser vivido. A fealdade deixava de ser repulsiva, a estupidez se chocava com nossas pilhérias, a astúcia era desmascarada, a violência dos fortes me parecia suportável. Quando o contato com o vulgar nos sufocava, nós nos refugiávamos na vida sem palavras, na vida em que apenas a natureza fala aos olhos e ao coração.

Barba Yani era capaz de caminhar um dia inteiro sem pronunciar uma palavra. Com o olhar somente, me mostrava o que era digno de atenção. Ele chamava aquilo de "tomar um banho desinfetante". Era bom. A obra silente da criação purifica e devolve a si mesmo o homem humilhado pela baixeza, e não há homem, por mais poderoso que seja, que possa passar entre vermes sem se sentir infestado.

Mas esse grande companheiro de minha adolescência era, além de tudo, conhecedor da Antiguidade e de seus filósofos. Todas as suas dissertações sobre a vida – seu maior prazer nas horas de repouso – eram ilustradas com exemplos tirados da sabedoria. Não era um sábio, mas amava a calma consciente do coração:

"Cedo ou tarde, o homem inteligente consegue compreender a inanidade da algazarra sentimental que tumultua a paz e consome a vida", dizia-me. "Feliz aquele que consegue compreender isso desde cedo: só gozará do melhor da existência."

Certo dia frio de outono, estávamos num campo de manobras perto de Alepo. Nossa bebida quente foi tomada de assalto por soldados (vem bem ao caso dizer assim). Até os oficiais vinham se regalar; e, como tínhamos brasas sob os *ibriks*, ficaram por lá, a aquecer-se e conversar. Um oficial superior contava ao subalterno a anedota de um general, amigo de Alexandre, o Grande, que opinava a favor da proposta de paz feita por Dario:

– "Eu aceitaria, se fosse Alexandre", disse o primeiro. Ao que o grande conquistador respondeu: "E eu também, se eu fosse... se eu fosse...".

O oficial turco se atrapalhou:

– Ah! – disse. – Como se chamava esse amigo de Alexandre?

– Parmênio – respondeu Barba Yani, que escutava a conversa.

– Bravo, velho! – exclamou o oficial. – Como sabe? Vendendo *salep* não se encontra Alexandre, o Grande!...

– Claro que sim! – replicou meu amigo. – Todo mundo precisa se aquecer, como o senhor pode ver!

Essa alusão de duplo sentido agradou ao oficial. Ele

se dignou de conversar conosco; mas, naquele momento, meu olhar cruzou o dele.

– Já o vi em algum lugar; seu rosto não me é estranho – disse ele.

– Sim – respondi, corando. – Estivemos no mesmo carro do bei Mustapha, em Constantinopla, há cinco anos.

– Por Alá, é verdade! Você é o garoto que procurava a mãe com um olho vazado! Pois bem, infeliz, você deve ter sofrido com aquele maldito sátiro.

– Muito... Eu não o conhecia.

– E como é possível confiar daquele jeito no primeiro desconhecido que se põe a acariciar as bochechas de uma criança?

O oficial nos falou durante muito tempo e revelou os grandes delitos que constavam no ativo do bei Mustapha. Depois, interessou-se por Barba Yani, apaixonou-se por sua sabedoria; ao nos deixar, apertou afetuosamente nossa mão e rogou-nos que cada um de nós aceitasse 1 lira turca de ouro:

– Não é gorjeta – disse ele. – É em respeito à sabedoria do velho e ao sofrimento do jovem!

Voltando para casa, Barba Yani concluiu:

– Viu só, Stavro? Por toda parte há desgarrados, mas a inteligência derruba barreiras, mesmo quando está metida num uniforme militar!

Assim, Barba Yani envelhecia. Uma doença cardíaca o deixava a cada ano mais inapto a ganhar a vida. A fadiga o abatia. Os momentos de melancolia tornavam-se cada vez mais frequentes. Quanto a mim, tinha 22 anos, era forte, corajoso e sabia me virar. Em vista das pequenas economias que havíamos conseguido amealhar, decidi convencê-lo a descansar; e para que aquele descanso fosse agradável escolhi uma região ainda inexplorada para ficarmos: o Monte Líbano.

Ah! O belo e triste Monte Líbano! Só de pensar naquela estada de um ano, meu coração se inebria e sangra ao mesmo tempo!... Ghazir!... Ghazir!... E tu, Dlepta!... E tu, Hermon!... E tu, Malmetein!... E vós, cedros de longos braços fraternos, que parecem querer abraçar toda a terra!... E vós, romãzeiras, que vos satisfazeis com três punhados de musgo recolhidos na fenda de uma rocha, para oferecer ao viajante errante vosso fruto suculento!... E tu, Mediterrâneo, que te entregas, qual mulher voluptuosa, às carícias de teu Deus ardente e exibes tua imensidão sem nódoas para as janelas pobres dos casebres libaneses, sobrepostos diante do infinito!... A todos e a todas, digo adeus!... Não vos reverei, mas meus olhos guardarão para sempre vossa doce e singular luz!... Essa luz esmaeceu-se em minhas lembranças... A vida não quis que minha alegria fosse completa. Mas, meu Deus, onde e quando a vida nos gratifica com alegrias completas?

Nós nos estabelecemos em Ghazir, vilarejo pitoresco como o é quase todo o Líbano, assentado sobre um cume resguardado. Éramos os únicos locatários de uma mulher idosa e artrítica que vivia na solidão, Set Amra, árabe cristã como todos os libaneses. Cristãos que éramos, ainda que ortodoxos, fomos bem recebidos; ela era católica. E aqui há outra história; porque minha existência é rica em histórias.

Ainda ganhando a vida, enquanto Barba Yani passeava de bengala, catava romãs e matava pequenas cobras, ficamos sabendo que Set Amra, com quem tínhamos longas conversas fumando narguilés, ficamos sabendo, repito, que ela também tinha um pesar. Era muito solitária, e aquela solidão roía-lhe a alma. Sua única filha, uma jovem de 20 anos, estava na Venezuela, aonde fora acompanhando o pai, para fazer fortuna, segundo costume dos habitantes do Líbano. Mas o pai morrera já havia um ano, e desde seu desaparecimento as cartas da América tinham se tornado raras. Selina, a jovem, não era pobre. Dirigia uma bela joalheria. No entanto, seu coração era avaro de atenções para com a mãe. Esquecia-se dela, e Set Amra via-se obrigada a viver longos dias com pão seco.

Ficamos apiedados. Desde então, passamos a comer juntos. Set Amra foi irmã e mãe para nós. Regalou-se com bons nacos de carne de carneiro frita, e seu narguilé foi bem abastecido de *tumbak*. Era só disso que precisava. Louvou a Deus por nos ter enviado à sua casa e escreveu cartas de reconhecimento enternecedor para a filha. Selina respondeu com agradecimentos aos dois desconhecidos de coração fraterno. E o tempo correu feliz.

Ocorre que ganhávamos pouco e, assim, nossas economias diminuíam a olhos vistos. O outono chegou e, com ele, Barba Yani pegou uma friagem. Fui buscar um médico em Beirute e, depois dos medicamentos e dos cuidados, o estado do caro amigo melhorou, e o dinheiro se foi.

O inverno foi rigoroso para um país como o Líbano. A muito custo, eu conseguia ganhar o necessário para não morrermos de fome. Abstivemo-nos de carne. O pão seco reinava em nosso lar três dias por semana; para economizarmos o máximo, acendíamos um único narguilé, cujo chibuque passava de mão em mão, de boca em boca. Era duro, mas chegamos assim a março, quando uma notícia nos encheu de alegria: Selina anunciava que saía da Venezuela e voltava em três ou quatro semanas.

Gritos de alegria! Efusões transbordantes!

– Sabem de uma coisa? – disse-nos um dia Set Amra, com ar de mistério. – Stavro é um belo rapaz. Com certeza Selina vai se enamorar dele, e então a generosidade dos senhores comigo será amplamente recompensada. Hem? O que acha, Stavro?

O que dizia Stavro? Pois bem, ele perdeu o juízo, como sempre! Perdeu de tal modo que fez a cabeça de Barba

Yani girar, e os três, incluindo a artrítica, nos pusemos a dançar em roda para celebrar meu casamento próximo com Selina, que não desconfiava de nada!...

Eu ia direto em frente, como um cavalo surdo. Considerando a casa como minha propriedade futura, notava que o cascalho sobre a laje do teto deixava a água da chuva pingar nos quartos. Então, seguindo o exemplo dos libaneses, subi no teto com um rolo compressor e, para imenso divertimento dos moradores, fiquei desancado de tanto correr toda a laje, arrastando atrás de mim o cilindro pesado que se chocava contra meus calcanhares e me fazia cair de cara no chão.

Ah! Coração, você já me pregou umas peças!

Fui mais longe. Mostrando um dia a Barba Yani os lábios ainda vermelhos e carnudos de Set Amra a sugar voluptuosamente o chibuque, eu disse:

– Ei! Barba Yani! Esses lábios... Quem sabe? Talvez ainda saibam beijar outra coisa além do âmbar do narguilé! E poderíamos muito bem celebrar dois casamentos em vez de um!

Sim, dois casamentos, percebe?... Porque o meu com Selina era tão certo e seguro quanto a nossa pobreza...

– Ah! Stavraki! – exclamou o pobre amigo. – Você ainda tem muito chão para começar a conhecer a vida!

Foi um bom profeta.

Selina chegou. Bela morena com olhos de diabo e cabelos bastos, alta, sólida, viva como um azougue, mas com alma de comerciante e inteligência de cocote. Deixou-nos todos intimidados desde o primeiro dia. Seus agradecimentos foram breves e secos. Achou nossa vida abominável; por pouco não nos censurou pela miséria da mãe. Deixou bem claro seu desdém, alugando uma casa só para si; vinha fazer uma visita de quinze minutos por dia e entregou a Set Amra uma soma ridícula de dinheiro que nos foi repassada como "indenização". Vestindo roupas exóticas e portando joias valiosas, expunha-se como mercadoria aos olhos invejosos do vilarejo. Um dia, uma vizinha veio nos dizer que um sul-americano extravagante subia de carro de Beirute para visitar Selina. Selina, minha prometida, minha noiva!...

– Ah! Barba Yani, como a vida é cheia de decepções! – bradei apoiado no ombro do único amigo sincero que tive.

– Você não sabia, Stavraki?... Pois bem, aprenda de novo. E, enquanto isso, pegue seu *ibrik*, procure o meu, vamos arrumar a trouxa e partir! Vamos partir: a terra continua sendo bela!

Partimos, deixando a pobre Set Amra aos prantos. E, durante três meses ininterruptos, percorremos as soberbas regiões do Monte Líbano, saciando-nos em suas fontes límpidas e saciando os libaneses com nosso eterno *salep*.

– *Salep! Salep! Olha os salepgdis!...*

– Stavraki, não é verdade que a terra continua bela?

– Ah! Barba Yani! Como você tem razão!...

A terra é bela?... Não é, não; isso é mentira!... Toda a beleza vem de nosso coração, enquanto ele está cheio de alegria. No dia em que essa alegria bate asas, a terra não passa de um cemitério. E a bela terra do Líbano foi um cemitério para meu coração e para o corpo de Barba Yani.

Um dia, perto de Dlepta, um ataque brusco e inesperado o derrubou; ele bateu a cabeça numa pedra e se feriu.

– Barba Yani! *Aman*[60], Barba Yani! O que está fazendo? Está com dor?

Não, Barba Yani já não estava com dor. A dor ficou comigo...

Foi ela o remorso que me corroeu a vida desde então. A saudade daquela amizade perdida e o desejo de buscar

60 Ó, em turco. [N. E.]

uma afeição apesar de tudo fizeram-me tomar a decisão, alguns anos depois, de voltar para minha terra e de me aproximar de um ser humano, a amá-lo como amei Kyra e minha mãe, como amei Barba Yani.

Mas essa foi, você se lembra, a história de Stavro, o Feirante...

Posfácio

Fábio Bonillo

NOTA BIOGRÁFICA

Em setembro de 1924, no primeiro número da revista trimensal *Estética*, Sérgio Buarque de Holanda apresentava ao leitor brasileiro *Kyra Kyralina*, romance de estreia de Panaït Istrati (1884-1935), quatro meses após seu lançamento. Sua resenha, é verdade, foi esquecida no sumário – deveria aparecer logo após a de *Mes routes*, de Pierre Lasserre, na seção "Literatura francesa", pois o escritor romeno adotara o francês como língua de expressão –, mas, nas páginas 104 a 106 da edição inaugural da revista modernista sucessora da *Klaxon*, encontra-se o primeiro enaltecimento brasileiro do sabor oriental das histórias de Istrati, que aqui angariaria leitores como Mário de Andrade, Cecília Meireles e Clarice Lispector. "A leitura desse livro", escreve Sérgio Buarque de Holanda, "nos transporta a um ambiente e a um estado de alma onde todas as coisas se refletem em tons imaginários e cujo colorido nos traz à memória as histórias maravilhosas das *Mil e uma noites*".

A novidade de *Kyra Kyralina* não se limita ao repisado expediente literário das suspensões e dos remates da narrativa ("Outro dia lhes contarei a odisseia de minhas peregrinações em busca de minha irmã") nem ao empenho para apresentar a diversidade balcânica ao mundo francófilo, utilizando um idioma que não lhe era familiar e que custara a domar ("Dez vezes no mesmo dia atirei longe a minha pena, chorando de raiva, prestes a abandonar o empreendimento: lutar com uma língua que não domino à perfeição; soltar a pena à vista de um miserável acento grave que talvez seja circunflexo; de um *r* ou um *l* que talvez seja duplo [...], diga-me, meu amigo, já não bastava estar num sanatório, ainda terei de ficar louco?", escreve a Romain Rolland em 4 de setembro de 1922). Em *Kyra Kyralina*, Istrati agrega também expressões idiomáticas e termos nativos à sua nova língua, recusando-se a empregar apenas os provérbios franceses correspondentes, e explicita ele próprio, em notas de rodapé ("A palavra 'espingarda' também é feminina em romeno"), o significado daquilo que poderia se perder nesse transbordo de culturas. Porque em seu primeiro romance e em quase todas as narrativas de Panaït Istrati convivem e deambulam romenos, turcos, gregos e árabes, muçulmanos, judeus e cristãos ortodoxos, que por vezes trocam de idiomas no meio das conversas, nas quais contam histórias e compartilham seus infortúnios enquanto transitam de país em país – Romênia, Turquia, Síria, Líbia – como num passe de mágica. Uma dessas histórias, a da infeliz Kyra, contada por Stavro a Adrien Zograffi, é uma canção folclórica romena, que Istrati apresenta com tintas bem mais carregadas.

Considerado "o Górki dos Bálcãs" por Romain Rolland e "o príncipe dos vagabundos" por Joseph Kessel, Panaït

Istrati de fato encarnava o maltrapilho errante, o "vigarista honesto", o *haiduc* (o típico marginalizado da Romênia) cujo afã de ouvir e contar histórias e cujo elogio à preguiça e à errância emprestou a seu alter ego, Adrien Zograffi. Este aparece ora como narrador protagonista, ora como coadjuvante, ora como ouvinte isento nesses relatos que, para a ensaísta Frédérica Zephir, exaltam uma "ética da marginalidade".

> Lutar contra a mediocridade humana, o egoísmo, a injustiça, ser livre e defender a liberdade – eis a filosofia de Istrati. Mas essa filosofia, que nele foi suscitada pela compaixão e que, portanto, contemplava antes os sentimentos que as ideias, não encontra lugar entre as ideologias sociais de sua época, doutrinárias demais e totalitárias demais, as quais ele rejeitou com a mesma veemência com que sempre defendeu os valores humanos fundamentais. De modo que, mais revoltado, mais subversivo e mais *haiduc* do que nunca, cristalizando tal rejeição na figura do "homem que não adere a nada", Istrati inscreve-se definitivamente na ética da marginalidade. "Homem que não adere a nada", mas que acredita no homem, que faz da luta pelos valores morais um dos motores de sua vida e, da compaixão, um ideal social, porém sobretudo um narrador excepcional que desnovela nos fios de suas narrativas as histórias extraordinárias desses heróis (por vezes delinquentes, mas sempre ardentes e generosos revolucionários) que advogam pela justiça e pela liberdade – esse foi Panaït Istrati, "*haiduc* de gênio".

Se Górki fez conhecer a ralé e lhe deu voz, Istrati dotou a arraia-miúda de mobilidade – em grande parte proporcionada pela independência da Romênia e pelo subsequente desmantelamento do Império Otomano –, que era propriamente a liberdade individual – cosmopolita e algo arredia – de recusar qualquer filiação, rótulo, destino ou ideologia: "Entrego-me de boa vontade aos homens, corpo e alma. Estou pronto a partilhar com eles o meu último pedaço de pão. Mas quero guardar intacto o meu direito de fugir-lhes no dia em que sentir que querem limar a minha fantasia, a minha imaginação" (*Eis a vida!* [*Le bureau de placement*]).

Panaït Istrati nasce em 11 de agosto de 1884 em Brăila, porto do Danúbio, na Romênia, de mãe lavadeira e pai contrabandista de tabaco, originário de Cefalônia, na Grécia. Exerce variados ofícios a partir dos 13 anos. Como secretário do sindicato do porto de sua cidade natal, organiza uma greve geral de estivadores e acaba se aproximando dos círculos socialistas. Sua estreia na vida literária se dá com o artigo "Hotel Regina", em 1907, no jornal operário *România Muncitoare*. Passa anos errando pelo Mediterrâneo e pelo Egito, em seguida interna-se num sanatório na Suíça, onde trava amizade com o sionista Josué Jéhouda (1892-1966), que lhe dá as primeiras aulas de língua francesa enquanto trata a tuberculose. Com a ajuda de um dicionário, lê os dez volumes da saga *Jean-Christophe*, de Romain Rolland, Prêmio Nobel de Literatura em 1915, e traduz para o romeno, como exercício autodidata, *Les aventures de Télémaque*, de Fénelon. Aporta em Nice, na França, em 1920, onde vive em condições miseráveis de subsistência e afligido por casamentos malogrados, até que, em 3 de janeiro do ano seguinte, aos 37 anos, corta a garganta no jardim Albert I, aos pés do monumento da Vitória. Ao ser transportado para o hospital Saint-Roch, entre seus pertences acha-se o manuscrito de uma carta endereçada a Rolland (era a segunda que lhe escrevia; a primeira, enviada, retornou ao remetente porque Rolland já não se encontra em seu hotel na Suíça). É então que o célebre escritor pacifista o acolhe e o incita a romancear as histórias que vivenciou. Sua primeira obra literária, *Kyra Kyralina*, escrita em francês, aparece em 15 de agosto de 1923 na revista *Europe* e, em maio do ano seguinte, é publicada em brochura pela editora Rieder et Cie. na coleção "Prosateurs français contemporains", com prefácio de Romain Rolland (decerto a edição que Sérgio Buarque de Holanda lê e resenha).

Istrati vira fenômeno literário. A *Kyra Kyralina* seguem-se, entre outros, *Oncle Anghel* (1924), *Présentation des haïdoucs* (1925), *Domnitza de Snagov* (1926), *Codine* (1926), *Mikhaïl* (1927), *La maison Thüringer* (1933), *Le bureau de placement* (1933), *Mediterranée (Lever du soleil)* (1934) e *Mediterranée (Coucher du soleil)* (1935). Publica também narrativas não circunscritas ao universo de seu alter ego Adrien Zograffi, como *Nerrantsoula* (1927), *Tsatsa Minnka* (1931) e *Les chardons du Baragan* (1928); e livros de memórias, como *Mes départs* (1928) e *Le pêcheur d'éponges* (1930).

No auge de sua produção, profundamente desgostoso com uma tradução de *Kyra Kyralina* para o romeno iniciada por um jornalista anônimo, Istrati resolve-se a traduzir ele mesmo quase todos os seus livros para a língua materna, tal como fariam Rabindranath Tagore (1861-1941) e Vladimir Nabokov (1899-1977), entre outros autotradutores.

Em 1927, é convidado pelo governo soviético para a celebração do décimo aniversário da revolução bolchevique. Viaja a Moscou na companhia do escritor cretense Nikos Kazantzakis, de quem logo vira amigo. Decepcionado com a realidade que encontra, publica *Vers l'autre flamme: après seize mois dans l'URSS* dois anos depois de sua viagem, relato que lhe rende perseguição política até o fim da vida e o rompimento com Romain Rolland. É endossado pelos também desencantados progressistas Victor Serge

(1890-1947) e Boris Souvarine (1895-1984), que formam com Istrati o "*triunvirato* de escritores francófonos de origem estrangeira" (a expressão é de Susan Sontag) que pela primeira vez desdourou a até então inabalada glória da Revolução Russa. O testemunho de Victor Serge em suas *Memórias de um revolucionário* ilustra o desagrado de Istrati:

> Istrati voltou à França, arrasado por essas experiências. É com profunda emoção que me lembro dele. Era jovem ainda, tinha a magreza dos campônios dos Bálcãs, muito feio devido ao nariz enorme, saliente, mas muito vivaz apesar da tuberculose, muito entusiasmado pela vida! Fosse como pescador de esponjas, marinheiro, contrabandista, vagabundo ou servente de pedreiro, ele havia passado por cada porto do Mediterrâneo. Então começou a escrever, e cortou a garganta para dar cabo de tudo. Romain Rolland resgatou-o; do nada, com a publicação das suas histórias de *haducs*, vieram-lhe a fama literária e o doce vintém dos direitos autorais. Escrevia sem pôr reparo em gramática ou estilo, feito um poeta loucamente apaixonado pelas coisas simples, como a aventura, a amizade, a revolta, a carne e o sangue. Ele era desafeito ao pensamento teórico, e portanto não caía na armadilha das falácias convenientes. Eu ouvia as pessoas lhe dizerem: "Panaït, não se pode fazer uma omelete sem quebrar alguns ovos. A nossa revolução... etc.". Ele exclamava: "Certo, os ovos quebrados eu vejo. Mas onde está essa tal revolução?". Na saída da modelar colônia penal de Bolshevo, onde calejados criminosos labutavam livres e supervisionavam uns aos outros, o único comentário de Istrati foi: "É pena não se poder ter todo esse conforto e esse sistema de trabalho tão maravilhoso sem que se matem ao menos três pessoas!". Aos editores de artigos que lhe pagavam 100 rublos por texto, ele indagava rispidamente: "É verdade que aqui na União Soviética um carteiro recebe

50 rublos por mês?". Não raro ele irrompia em violentos acessos de indignação. Istrati precisou de sua teimosia nata para conseguir resistir às abordagens corruptas, e deixou a União Soviética dizendo: "Hei de escrever um livro, prenhe de entusiasmo e dor, em que contarei a verdade ao mundo". A imprensa comunista imediatamente o acusou de ser um agente do serviço secreto romeno... Ele morreu pobre, esquecido e completamente confuso na Romênia. É em parte graças a ele que hoje continuo vivo.

A imprensa brasileira acompanha seus passos. Quando Istrati é detido na Itália após uma incursão ao Egito em 1930, a *Folha da Noite* (SP) estampa:

> Um romancista indesejável. Chegou a Paris o romancista Panaït Istrati, que regressa de uma viagem de estudos no Egito. À passagem por Trieste Panaït Istrati foi detido pela polícia como indesejável. Graças à intervenção do cônsul de França, o romancista romeno foi posto em liberdade. (15 de fevereiro de 1930)

Cecília Meireles cita Panaït Istrati em cinco crônicas publicadas entre 1931 e 1932 na coluna sobre educação que mantinha no *Diário de Notícias* (RJ). Da leitura de obras como *Mikhaïl* e *Mes départs*, a escritora tira modelos ideais de práticas pedagógicas e os ajunta às próprias reminiscências para tratar do ensino no Brasil:

> Panaït Istrati, essa extraordinária organização de poeta que tantas coisas maravilhosas nos tem revelado sobre a alma dos homens, através de confissão da sua própria alma, disse certa vez que acreditava nas revoluções que tivessem por fundamento a preocupação da infância. ("A educação como fundamento das revoluções", 11 de março de 1931)

Outro de seus leitores – também em francês – foi Mário de Andrade. Para o monumental projeto inacabado de uma *Gramatiquinha da fala brasileira*, na qual registraria os usos do português no Brasil explorando associações pouco ortodoxas, o escritor deixou um sucinto lembrete: "*Dor* = palavra rumaica que quer dizer 'saudade'. Ver Panaït Istrati, pg. 73, *Les Haïdoucs*".

Nessa época, novamente estabelecido na França, Istrati é instado pelos amigos a naturalizar-se para que lhe fosse cabível a láurea do Prêmio Goncourt, reservado aos cidadãos franceses, mas ele se recusa. Volta definitivamente à sua terra natal em 1930 e, após ser internado num sanatório em Bucareste, morre devido ao estado avançado de tuberculose, em 16 de abril de 1935. No dia seguinte o *Correio da Manhã* noticia: "*Desaparece uma grande figura da literatura mundial*. Morreu, ontem, em Bucarest, Panaït Istrati". Também o *Diário de Notícias*, no dia 18: "Faleceu o famoso escritor romeno Panaït Istrati, após longa enfermidade".

O romeno-brasileiro Stefan Baciu conta, mais tarde, uma visita que fez a Istrati já no fim de sua vida:

> Tive a oportunidade de vê-lo e de falar-lhe durante este tempo algumas poucas vezes, e fiquei sempre profundamente impressionado pela humanidade espontânea, que transparecia na sua voz, e pela nobre atitude que tinha este poeta. Istrati estava cansado e atribulado. Talvez tenha sido realmente um "vencido", e assim apagou-se vagarosamente, prematuramente, até que fechou os olhos em 1935. (*Correio da Manhã*, "Caminho e destino de Panaït Istrati", 30 de julho de 1950)

"Vencido" (*vaincu*, em francês) foi como de fato Panaït Istrati disse sentir-se quando de seu desencanto com o comunismo:

> Vencidos são todos os homens que no declínio da vida se acham em desacordo sentimental com os melhores de seus semelhantes. Sou um desses vencidos. E uma vez que há mil modos de estar em desacordo sentimental com os semelhantes, explico que aqui se trata daquela penosa separação que segrega um homem de sua classe, após uma vida de aspirações comuns a essa classe e a ele próprio e que no entanto permanece fiel à necessidade, que sempre o compeliu, de lutar pela justiça. (*16 meses na URSS*)

A morte de Panaït Istrati havia sido noticiada no Brasil, e no entanto aqui ainda não se tinha notícia da edição comercial de seus livros.

É então que a editora carioca Guanabara lança, em 1935 e 1936, três romances de Istrati traduzidos por Heitor Moniz: *A casa Thuringer* [*La maison Thüringer*], *Mediterrâneo (Nascer do sol)* [*Méditerranée (Lever du soleil)*] e *Eis a vida!* [*Le bureau de placement*], todos pertencentes ao ciclo de narrativas de Adrien Zograffi. Dez anos depois, surge uma nova edição de *Mediterrâneo (Nascer do sol)* pela editora Pongetti, com "tradução de Marques Rebelo", provavelmente "garfada" da tradução de Moniz e revista por Marques Rebelo, como suspeita a pesquisadora Denise Bottmann.

Aparecem, então, no *Diário de Notícias*, textos de articulistas como Paulo Dantas, Newton Braga e Adolfo Schweitzer sobre a obra e o legado de Panaït Istrati. Em outro jornal carioca, o *Correio da Manhã*, dedicam-lhe escritos Heitor Moniz, João José, Stefan Baciu e Nelson Vainer. Adalgisa Nery elege *Kyra Kyralina* um dos vinte livros que ela salvaria de um novo dilúvio, na coluna "Escritores e livros na Arca de Nóe", do *Correio da Manhã* (15 de julho de 1935). Até mesmo uma jovem Clarice Lispector, ainda estudante de direito, dá uma entrevista à revista *Diretrizes*, em

30 de outubro de 1941, incluindo *Mediterrâneo* entre os melhores livros da literatura universal, ao lado de *Humilhados e ofendidos*, de Dostoiévski, *Sem olhos em Gaza*, de Aldous Huxley, e as obras de Anatole France. No mesmo ano, é promovida pela Academia Brasileira de Letras a conferência "Escritores romenos da língua francesa", na qual Leopold Stern palestra sobre a vida e a obra de Panaït Istrati.

Somente em 1946 o Brasil ganha uma edição do seu polêmico relato sobre a União Soviética. Publicado na França em 1929, chega ao Brasil como *16 meses na URSS Rumo a outra flama* em tradução de Romulo de Castro, pela editora Alerta, fundada no Rio de Janeiro "com o objetivo principal de auxiliar os leitores brasileiros a pesquisar e descobrir a Verdade sobre a Rússia". "Se o público prestigiar as suas publicações", continua o texto de apresentação de Ildefonso Albano na primeira edição do livro, "a Editora Alerta será um dique formidável e intransponível das mentiras capciosas e cínicas de que se alimenta o comunismo na Terra de Santa Cruz". A editora investe em material publicitário e publica pequenos anúncios no *Correio da Manhã* e no *Diário de Notícias*, às vezes até três classificados dentro de um período de uma semana, nos quais se lê: "*16 meses na URSS Rumo a outra flama*. Livro do grande escritor comunista Panaït Istrati. Linguagem vibrante! Sensacionais revelações! Cr$ 20,00 – Nas principais livrarias". Essas "sensacionais revelações", no entanto, são atenuadas pela própria editora, como lemos na nota introdutória da edição: "A fim de permitir a leitura deste livro a maior número de leitores, foram, com a autorização dos editores, abrandadas certas passagens que poderiam ser consideradas chocantes". Um cotejo atento do original poderia talvez fornecer algum indício do motivo de tamanha relutância em lançar o livro em terras brasileiras e revelar o que foi poupado ao leitor.

Panaït Istrati só voltaria a ser traduzido no país em 1964, aparentemente um pouco a contragosto. O primeiro capítulo do romance *Les chardons du Baragan* aparece traduzido da versão romena, feita pelo próprio autor (portanto, uma tradução indireta), na *Antologia do conto romeno*, organizada e traduzida por Nelson Vainer, editora Civilização Brasileira, que conta com uma orelha do crítico Fausto Cunha. É ele quem diz que, por terem as obras de Istrati sido escritas diretamente em francês, "obtiveram uma notoriedade que, dentro dos quadros verdadeiros da literatura romena, pouco se justifica", e acrescenta que não apenas a sua geração leu muito Panaït Istrati, mas que também outras "conheceram outros autores romenos quase sempre via exterior e quase sempre nomes que não representavam nem o espírito nem a grandeza de seu país". O próprio organizador da antologia, Nelson Vainer, queixa-se, em artigo na imprensa, da atenção especial dada a Istrati em detrimento de outros autores romenos contemporâneos: "Nesse mesmo período [em que Istrati produziu suas obras, de 1923 a 1935] vivia na Romênia uma plêiade de escritores tão bons, se não melhores, que o autor de *Kyra Kiralina*. No entanto, enquanto eles permaneciam desconhecidos no mundo, Istrati o conquistava, com livros não superiores a dos seus ignorados compatriotas" (*Correio da Manhã*, 28 de setembro de 1963, "O lugar da literatura romena na literatura universal").

Publicar *Kyra Kyralina* hoje, portanto, é refutar cada vez mais a ideia de que Panaït Istrati seria *menos romeno* por ter escolhido escrever em uma língua que não a sua, de que seria *menos escritor* por considerar-se antes um revolucionário cosmopolita que um escritor profissional e de que seria *menos acolhido* em nossas letras caso não fosse esse controverso comunista penitente.

Em Portugal contam-se, entre outras, edições de *Floárea [Domnitza de Snagov]*, trad. Augusto Casimiro (Lisboa, Inquérito, 1940); três de *Os cardos do Baragan*, trad. Virgínia Motta (Lisboa, Livros do Brasil, 198-, col. Miniatura), trad. Aníbal Fernandes (Lisboa, Assírio & Alvim, 2010, col. Gato Maltês) e trad. António de Carvalho (Lisboa, Editorial Gleba, 19--, col. Romances Célebres, n. 17); duas de *Kyra Kyralina*, trad. Alexandre Babo (Porto, Latina Editora, 1943) e trad. Aníbal Fernandes (Lisboa, Relógio d'Água, 1986); de *Codine*, trad. não identificado, em *5 obras-primas da novela contemporânea* (Lisboa, Portugália, 1964); de *O tio Ângelo*, trad. Antonino de Sousa (Lisboa, Sirius, 1941); de *Tsatsa Minnka*, trad. José Barão (Lisboa, Minerva, 195-); e de um volume de contos, selecionados e traduzidos por Natércia Caramalho e Alexandre Babo (Coimbra, Atlântida, 1964).

Como leitura complementar, recomenda-se a sua correspondência com seu mentor, Romain Rolland, *Correspondance intégrale Panaït Istrati – Romain Rolland, 1919-1935*, editada e comentada por Alexandre Talex em 1989, para a editora Canevas. Das biografias do escritor, citam-se as de Monique Jutrin, *Panaït Istrati, un chardon déraciné* (Paris, François Maspero Editeur, 1970, reeditada por L'Échappée, 2014), a de Édouard Raydon, *Panaït Istrati, vagabond de génie* (Paris, Les Éditions Municipales, 1968), e *La véritable tragédie de Panaït Istrati*, de Eleni Samios-Kazantzakis (Fécamp, Éditions Lignes, 2013), mulher do escritor Nikos Kazantzakis.

Frédérica Zephir é autora de "L'Éthique dans les récits de Panaït Istrati", que analisa os vagabundos dos relatos de Istrati e lhes descreve a ética (*Cahiers de Narratologie*, 12, 2005).

Susan Sontag, no ensaio "Questão em aberto. O caso de Victor Serge", ajuda a contextualizar o momento intelectual e político desse autor, em específico, e de suas amizades, notadamente Istrati e Souvarine (coletânea de ensaios *Ao mesmo tempo*. Trad. Rubens Figueiredo. São Paulo, Companhia das Letras, 2008.)

Em 1969, na França, foi fundada uma Associação dos Amigos de Panaït Istrati para reabilitar o autor e propagar sua literatura pelo mundo, mediante conferências e até um boletim informativo, chamado *Le Haïdouc*, que publica uma recensão de todos os livros e artigos dedicados à vida e à obra do autor, incluindo cartas inéditas e manuscritos.

FÁBIO BONILLO nasceu em 1987 e é jornalista e editor. Traduziu, do inglês, romances como *Nosso homem em Havana*, de Graham Greene, *Os luminares*, de Eleanor Catton, finalista do Prêmio Jabuti de tradução, e *O macaco e a essência*, de Aldous Huxley, vencedor do Pêmio Jabuti de tradução, todos publicados pela Biblioteca Azul.

Primeira edição

Esta edição

Título original
Kyra Kyralina: les récits d'Adrien Zograffi
[Paris, 1924]

Preparação
Ivone Benedetti

Revisão
Ricardo Jensen de Oliveira
Tamara Sender
Valquíria Della Pozza

Projeto gráfico
Bloco Gráfico

CIP-BRASIL. CATALOGAÇÃO NA PUBLICAÇÃO / SINDICATO NACIONAL DOS EDITORES DE LIVROS, RJ /
I84k / Istrati, Panaït, 1884-1935/
Kyra Kyralina: as narrativas de Adrien Zograffi / Panaït Istrati; tradução Erika Nogueira; [prefácio: Romain Rolland; posfácio: Fábio Bonillo]. [2. ed.] São Paulo: Carambaia, 2022. / 184 p.; 20 cm.
[Acervo Carambaia, 20] / Tradução de: *Kyra Kyralina: les récits d'Adrien Zograffi*
Inclui prefácio e posfácio.
ISBN 978-65-86398-91-5
1. Romance romeno. I. Nogueira, Erika. II. Rolland, Romain. III. Bonillo, Fábio. IV. Título. V. Série.
22-78069 / CDD 859 / CDU 82-3(498)

Gabriela Faray Ferreira Lopes
Bibliotecária – CRB-7/6643

CAR
AMB
AIA

Editorial
Diretor editorial Fabiano Curi
Editora-chefe Graziella Beting
Editora Livia Deorsola
Editor-assistente Kaio Cassio
Contratos e direitos autorais Karina Macedo
Editora de arte Laura Lotufo
Produtora gráfica Lilia Góes

Comunicação e imprensa Clara Dias
Comercial Fábio Igaki
Administrativo Lilian Périgo
Expedição Nelson Figueiredo
Atendimento ao cliente Meire David
Divulgação Rosália Meirelles

Fontes
Untitled Sans, Serif

Papel
Pólen Soft 80 g/m²

Impressão
Ipsis

Editora Carambaia
Av. São Luís, 86, cj. 182
01046-000 São Paulo SP
contato@carambaia.com.br
www.carambaia.com.br

ISBN
978-65-86398-91-5